APOLOGIE DE SOCRATE

D0619016

PLATON

Apologie de Socrate

TRADUCTION, PRÉSENTATION ET NOTES
DE BERNARD PIETTRE ET RENÉE PIETTRE

LE LIVRE DE POCHE
Libretti

PRÉSENTATION

Socrate, né en 470 av. J.-C., mourut en 399 av. J.-C., condamné à boire la ciguë à l'issue d'un procès public, pour crime d'impiété. Il avait été accusé « *de corrompre la jeunesse, de ne pas croire aux dieux qu'honore la cité et d'introduire de nouvelles divinités* ». Dans l'*Apologie de Socrate,* Platon rapporte les paroles que Socrate aurait prononcées devant ses juges, lors de son procès.

On a souvent rapproché Socrate et Jésus. Tous deux ont été condamnés et exécutés par leur peuple, au nom des institutions politiques et religieuses. Tous deux ont été soupçonnés de s'en prendre à ces institutions, d'offenser les traditions sur lesquelles elles reposaient, de répandre des opinions dangereuses, d'exercer une influence pernicieuse. Leur condamnation à mort a d'emblée été ressentie comme une profonde injustice par leurs disciples respectifs. Certes, l'un est mort âgé, paisiblement, par l'effet d'un empoisonnement rapide (si l'on en croit le récit de Platon dans le *Phédon*), l'autre est mort jeune, au cours d'un supplice spectaculaire et cruel, non sans d'atroces souffrances au milieu desquelles il invoqua le secours de son Père. L'un est mort pour mieux servir la cité, l'autre pour servir les desseins du Père céleste et sauver l'humanité pécheresse. L'un est un citoyen peu ordinaire (qui prétend tout de même servir Apollon et être investi d'une mission divine auprès de ses concitoyens), l'autre est le Messie en personne. L'un est un sage, l'autre un dieu. Socrate n'a fait aucun miracle, contrairement à Jésus. L'un est fondateur d'une tradition rationaliste (celle de la philosophie occidentale), l'autre de la religion chrétienne. Cependant la mort de l'un et de l'autre a contribué, chacune, à édifier un mythe fondateur. Se souvenir de leur mort est l'occasion d'un ressourcement, dans un cas, de la philosophie, dans l'autre, de la foi chrétienne. La lecture de l'*Apologie* apparaît, à cet égard, comme une obligation pour quiconque veut s'initier à la philosophie. Il y apprend que la sagesse et la vertu ont plus de prix que la vie elle-même.

Rappelons d'abord les circonstances historiques du procès de Socrate. Ensuite ce qui a motivé l'accusation d'impiété portée contre lui. Et voyons enfin les modalités de ce procès.

Un procès politique

Le procès s'est déroulé en 399 av. J.-C., à une époque où Athènes se remettait à peine des malheurs qui s'étaient abattus sur elle à la fin du Ve siècle : la guerre du Péloponnèse qui l'avait opposée à Sparte et ses alliés l'avait complètement ruinée ; la victoire de Sparte en 404 av. J.-C. avait imposé un régime oligarchique à la botte des vainqueurs – le gouvernement des Trente –, qui avait renversé les institutions démocratiques et commis, en l'espace d'un an, toute sorte d'exactions. Nous sommes donc, en 399, à une époque où la démocratie, restaurée par un coup d'État un an après l'installation du gouvernement des Trente, panse les plaies matérielles et morales de son conflit avec Sparte et de sa défaite.

Certes le régime démocratique, une fois réinstallé, décréta une amnistie générale, afin de ne pas ajouter encore du sang au sang déjà versé injustement. Cependant le ressentiment contre tous ceux qui avaient collaboré avec l'ennemi pour saper les institutions démocratiques – ces institutions auxquelles Périclès, au cours du Ve siècle, avait donné tout l'éclat que l'on sait – n'était pas éteint. D'une certaine façon Socrate est victime, en 399, de ce reste de ressentiment.

En accusant Socrate de corrompre la jeunesse, de ne pas reconnaître les dieux de la cité et d'introduire de nouvelles divinités, on le classait parmi ces intellectuels, qu'on appelait les « sophistes », dont on pensait qu'ils avaient eu une lourde responsabilité dans la démoralisation des esprits, dans l'affaiblissement des valeurs traditionnelles de la cité, et dans le développement d'idées impies, voire athées, à la fin du Ve siècle. Car en cultivant la maîtrise de l'art de la parole et du raisonnement – du *logos*, terme qui signifie aussi bien discours, parole, que raison – ces « intellectuels » se sont employés à passer au crible de la discussion tout ce qui était susceptible d'être discuté ou critiqué : l'opinion du peuple qui fait loi et qui favorise l'emprise des démagogues, les préjugés qui passent pour des vérités acquises quand ils sont reçus par la foule, les croyances et les superstitions populaires...

Mais, circonstance aggravante pour Socrate, ses principaux admirateurs avaient appartenu au parti aristocratique, lors du conflit à la fois militaire et idéologique qui avait opposé Athènes à Sparte. Platon, par exemple, était issu d'une famille illustre, et voyait dans la démocratie la tyrannie de l'opinion au détriment du gouvernement de la sagesse – la cité idéale décrite dans la *République* devant être gouvernée par les philosophes ! Certes Platon n'a pas du tout cautionné les agissements des Trente ; mais les Trente comptaient parmi leurs membres un de ses propres cousins, Charmide, lui aussi admirateur de Socrate, et avaient à leur tête rien moins que son oncle, Critias, qui a également côtoyé Socrate.

Mieux, Socrate eut parmi ses fervents disciples, Alcibiade. Or Alcibiade, personnage haut en couleur, ambitieux et talentueux, avait réussi à persuader ses concitoyens d'envoyer la flotte d'Athènes au secours d'une cité de Sicile, Ségeste, contre Syracuse, alliée de Sparte. Cette expédition, déconseillée par le sage général Nicias, fut un désastre complet. Athènes y perdit l'essentiel de sa flotte, la fleur de ses citoyens-guerriers et ses meilleurs généraux. Voilà un homme dont la démagogie et la mégalomanie causèrent la ruine d'Athènes, et qui fut en même temps un ami personnel de Socrate.

Le procès de Socrate peut donc passer pour un règlement de compte politique. Mais il n'est pas que cela. Ce serait oublier le contexte idéologique du procès. Car ce procès est aussi, à bien des égards, celui de la philosophie.

L'accusation d'impiété

À travers l'accusation d'impiété portée contre Socrate, le procès fut aussi l'occasion pour des citoyens ordinaires de s'en prendre aux doctrines et aux thèses qu'on prêtait à ces sophistes et à tous ces intellectuels dont l'influence aurait été corruptrice. Car ils étaient soupçonnés, dans leur ensemble, de railler les dieux ou de répandre l'idée que les dieux ne sont que des fictions humaines. Anaxagore et Protagoras auraient été accusés aussi en leur temps – l'un vers 433 av. J.-C., l'autre vers 408 av. J.-C. – de ne pas croire aux dieux, et tous deux auraient été contraints pour cette raison de s'exiler.

Socrate a été représenté et ridiculisé par un grand auteur comique du Ve siècle, Aristophane, dans une pièce intitulée les *Nuées* (créée en 423 av. J.-C.), non seulement comme un sophiste habile à retourner tout raisonnement, mais aussi comme un spéculateur oiseux devisant sur les phénomènes naturels et niant l'existence des dieux. Dans cette pièce on assiste au spectacle d'un Socrate juché sur une nacelle, pour mieux s'éloigner des influences terrestres, invoquant les Nuées qu'il déclare responsables de la plupart des phénomènes naturels, comme si, à elles seules, elles pouvaient se substituer aux divinités de la religion populaire. On s'est demandé si la physique et la cosmologie, visées à travers ce culte des Nuées, n'étaient pas en réalité celles d'un certain Diogène d'Apollonie qui concentrait dans l'air et la vapeur d'eau toute la puissance de la formation des phénomènes cosmologiques et physiques.

Socrate se défend, dans l'*Apologie*, d'être un sophiste, et d'être un physicien négateur des dieux, répondant ainsi explicitement aux attaques d'Aristophane. Mais qui étaient réellement les sophistes et ces penseurs qui s'intéressaient à la physique ? Socrate peut-il être sérieusement confondu avec les uns et les autres ?

Les sophistes – le terme « sophiste » en grec, signifie « sage, habile, expert » – se proposaient, moyennant rétribution, d'éduquer les jeunes gens appelés à devenir des citoyens et à s'illustrer dans la vie politique, en particulier à Athènes, dont les institutions démocratiques favorisaient la vie publique et la prise de parole. Les sophistes prétendaient enseigner la rhétorique, donner des connaissances en divers domaines (qui pouvaient inclure les mathématiques, la physique, l'astronomie, porter sur la poésie, la mythologie et l'histoire des dieux, et contenir des réflexions d'ordre linguistique, sémantique et stylistique, voire d'ordre éthique et politique). Certains de ces sophistes comme Protagoras – pour lequel Platon n'a jamais caché son admiration – ou encore Gorgias, Prodicos ou Hippias, étaient très célèbres. Ils n'étaient pas, généralement, originaires d'Athènes ; beaucoup d'entre eux venaient de Sicile. Seulement, c'est à Athènes qu'ils pouvaient certainement le mieux faire valoir leurs talents, et gagner le plus d'argent.

Ces sophistes, et en particulier les plus brillants d'entre eux, ne manquaient pas de développer des thèses philosophiques, ou du moins de susciter, par des thèses parfois provocantes, des discussions philosophiques. C'est ainsi que Protagoras prétendait qu'il n'y avait pas de vérité absolue, dans quelque domaine que ce soit. « *L'homme est la mesure de l'être et du non-être de toute chose* », disait-il. C'est le jugement de l'homme qui détermine, par exemple, ce qui est juste ou non, sain ou non, beau ou non... Et, par exemple, le jugement partagé par les membres d'une cité détermine ce qui est juste pour cette cité. Ainsi les institutions démocratiques athéniennes s'en trouvaient justifiées. La justice résulte d'un accord entre les opinions émanant du peuple. Nulle justice, nul bien qui s'impose aux hommes. N'est juste ou bon que ce qui agrée aux hommes. Ce relativisme atteignait jusqu'aux opinions les plus sacrées. Protagoras aurait affirmé qu'il ne savait ni si les dieux existaient ni s'ils n'existaient pas.

De même Gorgias, dans son *Traité de l'Être et du Non-Être*, s'est employé à démontrer que l'être n'est pas, et que, même s'il était, il serait inconnaissable, et enfin que, s'il était jamais connaissable, il serait de toute façon incommunicable. En un mot, nous ne pouvons prétendre atteindre une quelconque vérité. Le *logos* est tout puissant – le « *logos* » est « *despotès* » disait Gorgias : la parole est maîtresse, et peut persuader de tout et du contraire de tout. Il n'y a pas d'être ou de non-être en dehors de celui que fait ou défait le *logos*.

Il n'est pas difficile d'imaginer qu'on ait pu considérer Socrate comme un sophiste, lui qui s'amusait à interroger tout un chacun et à démontrer à ses interlocuteurs, par une maîtrise consommée du raisonnement et de l'art d'interroger, qu'ils ne savaient pas ce qu'ils croyaient savoir. L'ironie avec laquelle il semblait conduire chaque fois ses interrogatoires devait passablement irriter les interlocuteurs qu'il confondait. Car Socrate prétendait, quant à lui, ne rien savoir. Il déclarait être seulement plus sage que les autres, sous prétexte que lui, au moins, ne prétendait pas savoir ce qu'il ignorait. C'est ainsi du moins qu'il se présente lui-même dans l'*Apologie de Socrate*.

Cependant Socrate se différencie des sophistes au moins en ce qu'il est né à Athènes et ne vient pas d'une cité étrangère, en ce qu'il ne s'est jamais fait rétribuer pour des leçons qu'il aurait dispensées, et en ce qu'il n'a jamais prétendu enseigner quoi que ce soit, puisque précisément la seule sagesse dont il s'est prévalu est de savoir qu'il ne sait rien. Les témoignages de Xénophon, de Platon et des penseurs socratiques convergent à cet égard. Tout oppose philosophiquement Socrate aux sophistes. Les sophistes inculquent un savoir, et un talent rhétorique, qui n'enrichissent nullement l'âme mais contribuent à renforcer sa vanité et à accroître son illusion de pouvoir juger de toute chose. Socrate en revanche, sans introduire en l'âme un quelconque savoir, réussit au contraire, en aidant l'âme à se défaire de ses opinions et à se débarrasser de ses faux savoirs, à réveiller en elle le désir de la sagesse.

Socrate était-il semblable à ces savants qui se sont penchés sur des questions de physique, d'astronomie ou de cosmologie ?

Dès le VIᵉ siècle av. J.-C., en Ionie (Asie Mineure) et en Grande Grèce (en Sicile et dans le sud de l'Italie), des philosophes – au sens général d'amis du savoir – ont développé des spéculations physiques sur la structure et la genèse du monde naturel, quand ils ne se sont pas intéressés de près aux mathématiques ou à l'astronomie. On connaît les noms de Thalès (VIIᵉ siècle) et de Pythagore (VIᵉ siècle). Pythagore pensait que le nombre ordonne le monde matériel, comme il ordonne par exemple les rapports entre les sons de la gamme (les Pythagoriciens ont su appliquer les mathématiques à l'étude de l'harmonie en musique) ; Thalès accordait à l'eau le privilège d'être à l'origine de tous les corps existant dans la nature (les poissons seraient ainsi nos ancêtres) ; Héraclite donnait au feu la puissance de transformer et de renouveler sans cesse toute chose ; Anaxagore pensait que le monde provenait de la mise en mouvement d'une sphère primitive (contenant toute chose à l'origine) dont se sont peu à peu détachés la terre centrale, puis les corps de feu, continuant, sous l'effet de la force centrifuge, à tourner autour d'elle (ainsi la lune n'est qu'une pierre incandescente, et non un astre divin). Toutes ces conjectures et ces constructions physiques, forgées par ces premiers philosophes de l'Antiquité qu'on a coutume d'appeler les Présocratiques, supplantaient évidemment la croyance en l'action des dieux dans l'émergence et le devenir des phénomènes visibles. Car les premières cosmogonies étaient des théogonies, en Grèce, comme dans les mythologies babylonienne ou égyptienne. Les cosmogonies deviennent, avec les Présocratiques, naturalistes et, si on peut utiliser ce terme anachronique, matérialistes.

Mais tout oppose également Socrate aux Présocratiques. Socrate délaisse les spéculations physiques, mathématiques et astronomiques. Ce n'est pas la nature extérieure qui est l'objet de prédilection de ses recherches, mais l'âme humaine : « Connais-toi toi-même ». Chaque homme interrogé peut découvrir ainsi sa propre sagesse et, pour peu qu'il ait un beau corps habité par une belle âme, il est invité alors à découvrir la beauté de la sagesse qui est en lui, sagesse qui est comme une parcelle divine déposée en son for intérieur, image d'un monde divin supérieur. Socrate prétendait être lui-même sous la protection d'un démon qui, à la manière d'un directeur de conscience, lui signalait ce qu'il ne devait pas faire. Ce démon (*daïmôn* en grec) pourrait appartenir à ces divinités étranges (*kaïna daïmonia*) qu'on accuse Socrate d'introduire. À moins que ces divinités ne soient ces Nuées ridicules, ou des phénomènes naturels divinisés, dont parle Aristophane ! En tout cas, bien loin d'inciter à douter de l'existence des dieux, comme Protagoras, Socrate rappelle, sinon l'origine divine de notre âme, au moins la nécessité d'être à l'écoute d'une sagesse intérieure divine, à l'image de ce démon qu'il prend soin d'écouter aux heures graves de l'existence.

Certes on peut toujours se demander si Socrate, ainsi présenté, n'a pas été idéalisé par Platon. Il sera toujours difficile de retrouver le Socrate historique sous le Socrate présenté par Platon dans ses dialogues de jeunesse. Mais le témoignage de Xénophon, autre contemporain de Socrate, concorde avec celui de Platon au moins sur ce point : Socrate était animé de la conviction que l'ordre de ce monde n'appartenait pas aux hommes mais relevait d'une direction divine supérieure.

Le procès.

Les procès étaient publics à Athènes ; ils relevaient d'une justice populaire. Les Athéniens exerçaient une démocratie directe, d'une part à l'Assemblée, l'Ecclésia, où étaient votées les lois et les principales décisions concernant le destin de la cité, et d'autre part au tribunal de l'Héliée où l'on rendait la justice. Les membres de l'Héliée étaient très nombreux et pouvaient s'élever jusqu'à plus de 600 individus, tirés au sort chaque année. Socrate fut donc, comme tout prévenu, jugé par un jury populaire composé ce jour-là de 500 membres.

Pour qu'un procès ait lieu, il suffisait qu'un particulier lésé réclamât réparation auprès de magistrats (les « Onze ») qui, après enquête, acceptaient ou non la plainte. Si la plainte était acceptée, un procès était instruit et ouvert. Mais un particulier pouvait aussi intenter un procès au nom de la cité, et déposait alors sa plainte auprès de l'Archonte-roi qui décidait de sa recevabilité et instruisait alors le procès. C'est de ce genre de plainte, déposée par

Mélétos (appuyé par Lycon et Anytos), que Socrate a été la victime. On ne connaît rien de Lycon ; Mélétos était un poète obscur ; Anytos, riche tanneur de son état, était en revanche un homme politique influent, qui avait participé à la restauration de la démocratie et à la chute des Trente.

Lorsqu'un procès était ouvert, en présence du magistrat chargé de l'instruction et des membres de l'Héliée, mais aussi d'une foule curieuse, chaque partie parlait à tour de rôle. L'accusation d'abord, la défense ensuite. C'est l'accusateur – ici Mélétos – et l'accusé – ici Socrate – qui prononçaient eux-mêmes leur plaidoirie. Tout au plus pouvaient-ils lire, l'un ou l'autre, un discours composé d'avance par un logographe (Socrate s'est bien sûr passé d'une telle assistance). L'*Apologie* est constituée, dans un premier temps, du discours de défense de Socrate en réponse à celui de Mélétos.

Chaque partie pouvait requérir des témoins et présenter des preuves. Chacun s'entourait de « supporters » ; il n'était pas rare, par exemple, que l'accusé tentât d'apitoyer les juges en présentant ses proches éplorés – Socrate s'y est refusé ; mais, lors de sa défense, il prend à témoin certains de ses disciples présents (par exemple, Platon), venus le « supporter ». Enfin il était possible d'interrompre sa plaidoirie par des questions posées à la partie adverse – ce que fait Socrate qui interroge à brûle-pourpoint Mélétos.

Une fois les plaidoiries des deux parties entendues, on passait au vote. On votait soit la peine, si celle-ci avait été fixée d'avance, soit seulement la culpabilité ou l'innocence de l'accusé, si la peine n'avait pas été fixée au départ. Dans le second cas, si le jury déclarait l'accusé coupable, la partie plaignante proposait la peine qui lui semblait requise, et la défense proposait une peine, moins lourde, de substitution. C'est ce second cas de figure que suit le procès de Socrate. Les juges se sont prononcés pour la culpabilité de Socrate. Mélétos a proposé alors la peine de mort. Et Socrate – dans ce qui constitue le second temps de l'*Apologie* – au lieu de proposer une peine de substitution, comme l'exil par exemple, a proposé d'être récompensé, pour les services qu'il a rendus à la cité, en étant nourri au Prytanée – c'est-à-dire aux frais de l'État – comme pouvaient l'être des héros ou des bienfaiteurs reconnus par la cité. Finalement, il a informé les juges que plusieurs de ses amis étaient prêts à payer une lourde amende, en substitution de la peine de mort.

Une fois prononcé ce second discours de Socrate proposant la « peine » qu'il lui semblait mériter, restait aux juges à choisir, au cours d'un second vote, entre les deux peines proposées, l'une par l'accusation, l'autre par Socrate. Les juges votaient en faisant tomber leur jeton dans une urne, dont les rebords supérieurs étaient suffisamment profonds pour qu'on ne puisse pas voir le jeton que glissait la main du votant ; les jetons se reconnaissaient les uns des autres en ce que les uns étaient munis d'une tige creuse (signifiant la condamnation) et les autres d'une tige pleine. Après avoir été déclaré coupable à une faible majorité, Socrate a été condamné à mort à une forte majorité.

Après ce vote, Socrate se serait adressé une dernière fois à ses juges, en affirmant qu'il ne craignait nullement le sort qui l'attendait, et que celui de ses juges, comme celui de ses concitoyens prisonniers de leur ignorance, était en réalité plus à plaindre que le sien. Ce discours final constitue le troisième et dernier temps de l'*Apologie*. En général, une fois la sentence prononcée, il n'y avait plus de discours. Est-ce là un ajout de Platon, ou Socrate l'a-t-il réellement prononcé ? Nous n'en saurons jamais rien.

Platon s'est efforcé ainsi en écrivant cette *Apologie* de laver Socrate des accusations injustes portées contre lui, Socrate dont il dit par ailleurs[1] qu'il « fut le plus sage et le plus juste des hommes qu'il ait jamais connus ». Car la

---

1. *Phédon* 118a, *Lettre VII* 324e.

conduite de Socrate a été irréprochable : que ce soit du temps de la démocratie, précédant la victoire de Sparte, où il accomplit ses devoirs d'hoplite à la guerre et de juge à l'Héliée avec une grande droiture, refusant par exemple de s'associer à la condamnation injuste des généraux des Arginuses accusés, alors qu'ils avaient remporté une brillante victoire maritime sur les Spartiates, de n'avoir pas relevé les morts pour leur accorder la sépulture ; ou que ce soit du temps du gouvernement des Trente où il risqua sa vie en refusant de se faire le complice d'une fausse accusation portée contre un innocent. Enfin il est injuste d'accuser Socrate des errances de ses admirateurs. Platon raconte fort bien, dans le *Banquet*, par exemple, comment Alcibiade avoue que Socrate est le seul personnage dont la fréquentation lui ait donné honte de lui-même.

Quelle que soit la part d'invention de Platon dans cette *Apologie*, nous admirons le talent avec lequel il a su nous restituer Socrate : pugnace, ferme, serein, magnanime, un tantinet rustre et provocant, redoutable dialecticien aussi, capable d'une ironie cinglante qui suffit à susciter les protestations du public et à sceller définitivement son sort. De tous les portraits de Socrate dressés par Platon, celui de l'*Apologie* est certainement le plus fidèle au Socrate historique – d'autant qu'une *Apologie de Socrate* écrite de son côté par Xénophon recoupe, sur bien des points, celle de Platon : elle confirme entre autres l'ardeur avec laquelle Socrate se serait défendu d'être un sophiste et d'être un négateur des dieux, et la conviction dont il était rempli d'assurer auprès de ses concitoyens une mission quasi divine, en les exhortant à la vertu.

ANALYSE

L'*Apologie de Socrate* se présente, sans autre forme d'introduction, comme le texte même des trois discours prononcés par Socrate le jour de son procès. Ces trois discours sont d'importance très inégale. Le premier, de loin le plus long, constitue l'« apologie » proprement dite, c'est-à-dire le plaidoyer où Socrate se défend lui-même, sans l'intermédiaire d'un tiers, contre ses accusateurs. Le second se place après que les juges ont prononcé le verdict de culpabilité : il leur faut maintenant décider de la peine à infliger. L'accusateur vient de requérir la peine capitale. Socrate à son tour est invité à proposer lui-même telle peine qui lui paraîtra pouvoir satisfaire les juges qui l'ont reconnu coupable : car, aux termes de la loi, les juges devront trancher entre les deux peines proposées, à l'exclusion de tout moyen terme. Le troisième discours enfin est adressé aux juges une fois prononcée la sentence de mort.

I

Dans le préambule de son plaidoyer, Socrate renvoie ses accusateurs à leurs mensonges et à leur rhétorique creuse. Il annonce que lui, au contraire, dira la vérité, et dans le langage sans apprêt de la vérité. Que les juges lui pardonnent le caractère inhabituel de ce langage (17a-18a).

Ensuite commence la réfutation de l'accusation. Socrate distingue d'abord deux types d'accusations : les calomnies anciennes d'une part, l'acte d'accusation du procès en cours d'autre part. Les calomnies sont, dit-il, les plus dangereuses (18a-e).

Il s'emploie d'abord à réfuter les calomnies, dont la teneur est énoncée par la « lecture » d'un acte d'accusation fictif : Socrate est coupable de sonder les mystères de la nature, de faire d'une bonne cause une mauvaise cause, et d'enseigner aux autres à faire de même (19a-c). Mais d'abord, dit Socrate, il n'est, lui, ni un philosophe curieux de physique, ni un sophiste. Il ne donne pas de leçons payantes (19c-20c). Il est vrai cependant qu'il a une réputation de savant et de sage. D'où lui vient-elle ? D'un oracle delphique qui le consacre le plus sage des hommes, et de la vérification que, depuis, Socrate a voulu faire de cet oracle, en sondant et en démasquant toutes les fausses réputations de sagesse ou de savoir (hommes politiques, poètes, artisans) (20c-23c). Qui plus est, Socrate a des imitateurs parmi les jeunes. Ainsi se multiplient contre lui les haines de tous ceux qu'il a ridiculisés ou que d'autres ont ridiculisés à sa manière. D'où le procès (23c-24a).

En second lieu, Socrate réfute l'accusation elle-même. Après lecture de l'acte (24b-c), il interroge son accusateur Mélétos en deux temps portant, le premier sur le grief de corruption, le suivant sur l'accusation d'impiété. En ce qui concerne la corruption des jeunes gens, Mélétos ne connaît rien à ce qu'il reproche à Socrate, et d'ailleurs un tel grief ne relève pas du tribunal (24c-26a). Quant à l'impiété prétendue de Socrate, Mélétos là-dessus se trompe de cible (c'est Anaxagore qu'il croit accuser), et se contredit lui-même, en prétendant que Socrate est athée tout en l'accusant de croire aux démons (26b-28a).

Pour conclure, Socrate déclare que cette démonstration suffit, car c'est la calomnie qui le fera condamner et non les accusations de Mélétos. D'autres que lui ont subi le même sort (28a-b).

La seconde partie du plaidoyer constitue une amplification où Socrate s'emploie à justifier toute son existence et son enseignement : il n'a jamais fait que son devoir, comme un soldat, en vue de l'honneur (28b-29b). Il ne prétend donc pas changer d'existence même si on lui laisse la vie à ce prix (29c-30c). Sa mort d'ailleurs sera plus dommageable à la cité qu'à lui-même. S'il n'a jamais fait de politique, c'est uniquement à cause des avertissements de son démon et afin de se conserver pour la cité le plus longtemps possible. Il se dévoue constamment pour les particuliers mais n'est pas responsable de la façon dont autrui use de ses leçons (30c-33c). Enfin, s'il avait été un corrupteur, ce sont les principaux intéressés, ses familiers et leurs proches, qui l'auraient accusé. Au contraire ils le soutiennent (33c-34b).

Socrate conclut en proclamant son refus de recourir à des supplications qu'il juge indignes de lui-même, de ses juges, et d'Athènes. Toute manipulation de la conscience des juges serait une impiété qui justifierait, en fait, l'accusation de Mélétos. Il s'en remet à la clairvoyance des juges et à la bonté des dieux (34b-35d).

II

Dans la courte intervention qui suit le verdict de culpabilité et où Socrate est tenu de fixer sa peine, l'accusé s'étonne d'abord et se réjouit d'avoir été déclaré coupable à une faible majorité seulement (35e-36b).

En guise de peine, il prétend mériter une récompense : être nourri au Prytanée (36b-37a).

Il justifie ensuite cette prétention : il n'a lui-même aucune raison de se croire digne d'un châtiment (37a-37b) ; de toute façon, il ne pourrait payer une amende, et quant à la prison ou à l'exil, il les trouverait plus pénibles que la mort, que du reste il ne connaît pas. Dans l'exil, il ne renoncerait pas à interroger les gens, et s'attirerait ainsi les mêmes ennuis qu'à Athènes (37b-38a). Il offre pourtant une mine d'argent (c'est tout ce qu'il peut donner), puis, sur les instances de ses amis, trente mines (38b).

III

Une fois condamné à mort, dans une ultime allocution, Socrate s'adresse d'abord à ceux qui ont voté sa condamnation : il leur rappelle qu'il n'avait de toute façon plus beaucoup de temps à vivre, vu son âge, et ainsi les juges se seront rendus coupables d'un verdict infamant et inutile (38c). Il ne doit sa perte qu'à son refus de toute lâcheté, et la honte en retombera sur ses accusateurs (38d-39b). Sa mort ne libérera ses juges d'un censeur que pour faire naître une foule de censeurs nouveaux (39c-d).

Socrate s'adresse ensuite à ceux qui ont voté en faveur de l'acquittement, les seuls qu'il reconnaisse comme ses juges (39e) : ce qui lui est arrivé est en réalité heureux. La preuve : le signe démonique ne s'est pas manifesté de toute la journée pour l'avertir d'un danger ou d'une chose à ne pas faire (40a-c). Que la mort soit un bien, on peut aussi le déduire par raisonnement : ou bien elle n'est rien de plus qu'un sommeil sans rêve, ce qui serait merveilleux, ou bien elle conduit vers l'Hadès où Socrate pourra dialoguer éternellement avec les héros de la légende sans risquer une nouvelle condamnation à mort (40c-41c). Les dieux protègent l'homme de bien. Il n'a pas de mal à craindre ni dans la vie ni dans la mort (41c-d).

En conclusion, Socrate, retournant à ceux qui l'ont condamné, leur recommande de suivre plus tard son propre exemple à l'égard de ses fils, en les morigénant s'ils oublient la vertu (41e-42a). Il se sépare de ses juges : son sort est peut-être meilleur que le leur (42a).

LA FIGURE EXEMPLAIRE DE SOCRATE DANS L'*APOLOGIE*

Le texte de l'*Apologie de Socrate* tranche sur tous les autres écrits de Platon. On y sent peu la touche de l'écrivain. Dans aucune autre des ses œuvres on n'a l'impression d'entendre avec une telle proximité la parole de Socrate, comme s'il nous était donné d'assister au procès. Platon semble s'être retiré pour qu'on n'entendît plus que la parole de son maître, noble, simple, vraie, et s'être efforcé de rapporter le plus fidèlement possible ce que Socrate a dit pour sa défense.

Xénophon nous dit que plusieurs apologies de Socrate ont été écrites. Il est probable que Platon a rédigé la sienne pour couper court à toute sorte de déformations, d'exagérations et de légendes qui se sont sans doute vite formées autour d'une défense qui avait dû frapper les esprits et laisser des traces dans les imaginations. Celle que Platon nous rapporte, en effet, est à tous les égards remarquable.

Elle est exemplaire en ce sens, d'abord, que Socrate ne se défend pas comme on avait l'habitude de le faire. Les procès donnaient lieu à une véritable mise en scène destinée à apitoyer les juges ; il s'agissait presque d'un rite, un peu comme celui qui consistait lors de funérailles à faire venir des pleureuses et à accroître l'émotion des participants en exagérant lamentations et gémissements. On a quelque idée, en lisant les *Guêpes* d'Aristophane, de ce que le public et les juges de l'Héliée (le tribunal populaire, *cf.* Présentation, p. 13), avides de sensations et de fortes émotions, attendaient d'un procès. Aristophane ridiculise dans cette pièce l'empressement d'un vieillard, héliaste (membre, donc, de l'Héliée), à remplir ses fonctions de juge, à recevoir l'obole que, depuis Périclès, tout héliaste recevait en échange de ses services, à exercer à bon compte le pouvoir de peser sur le sort des uns et des autres accusés, non sans s'être régalé en passant de leurs plaidoiries et s'être amusé des procédés pitoyables par lesquels ils tentaient d'obtenir l'acquittement. Ce vieillard, Philocléon, avoue qu'une fois entré au tribunal, après qu'on l'a supplié et qu'on a cherché à le soudoyer : « ... *de toutes mes promesses je n'en tiens aucune, mais j'écoute les accusés employer tous les tons pour obtenir l'acquittement. Car, voyons, quelle flatterie un juge n'est-il pas dans le cas d'attendre ? Les uns déplorent leur pauvreté et y ajoutent ; les autres nous content des fables, d'autres, quelque facétie d'Ésope ; tel autre plaisante pour me faire rire et déposer ma colère. Si rien de tout cela ne nous touche, aussitôt il fait monter ses marmots, filles et garçons, les traînant par la main ; et moi j'écoute ; et eux, baissant la tête ensemble, poussent des bêlements*[1]. »*

D'entrée de jeu, Socrate annonce le ton : je ne parlerai pas comme vous vous attendez à ce que je vous parle, à la façon d'un homme « habile à parler » et qui pourrait vous impressionner, vous « méduser » ; vous l'attendez peut-être d'autant plus que vous pensez que je suis un sophiste, « *mais de moi*, ajoute Socrate, *vous n'entendrez rien que la vérité. Sûrement ce ne seront pas des discours agrémentés comme les leurs de l'élégance de la phrase et du vocabulaire, ou des beaux agencements. Mais vous entendrez parler sans règle, avec les premiers mots venus* » (17b-c). « *Comme les leurs* », comme ceux des professionnels de la rhétorique, qu'étaient non seulement les sophistes (*cf.* Présentation, pp. 9 et suiv.), mais aussi les logographes, dont

---

1. Les *Guêpes* d'Aristophane, v. 561 à 570, trad. Van Daele, éd. Les Belles Lettres, Paris, 1972.

le métier consistait à écrire les plaidoiries des accusés (par exemple, Lysias). Tous ces rhéteurs ont mené très loin la réflexion sur les procédés de la rhétorique, sur les différentes parties dont devait être composé un discours de plaidoirie, sur les figures de style (les tropes), le choix du vocabulaire, les effets produits par la musique de la phrase, la variété des tons, etc. Socrate, quant à lui, ne cherche ni à plaire ni à séduire mais à parler vrai.

Le propos, en effet, est juste et ferme. Socrate veut opposer la vérité aux calomnies qui sont à l'origine des accusations portées contre lui ; il essaie d'expliquer les raisons des rumeurs et ragots qui ont pu être colportés sur son compte ; il en désigne un des principaux responsables : Aristophane qui l'a ridiculisé en le présentant, dans une de ses comédies (les *Nuées, cf.* Présentation, pp. 8-9), comme un physicien niant l'existence des dieux et un sophiste. La vérité ? Socrate n'y va pas par quatre chemins : il est le plus sage de tous les hommes. Clameurs et brouhaha dans l'assistance. Comment peut-il oser affirmer cela ? Mais ce n'est pas lui qui le dit, c'est l'oracle de Delphes qui l'a dit à son ami Chéréphon. Socrate s'explique.

Socrate en réalité pensait plutôt être le moins sage des hommes ; mais il a pu vérifier la parole de l'oracle, en interrogeant les uns et les autres, comme il a l'habitude de le faire, en particulier les hommes les plus en vue dans la cité (les hommes politiques, les artistes les plus renommés) : ils prétendent être savants sur les questions les plus simples, qui sont aussi les plus importantes de l'existence, et sur lesquelles lui, Socrate, aimerait être savant. Mais voilà : Socrate découvre qu'ils sont ignorants et que par comparaison il est, lui, sage, puisqu'il sait au moins qu'il ne sait pas (23b).

Simple leçon de philosophie qui ne peut plaire aux grands de ce monde et pas davantage au peuple quand il est sûr de lui et de ses opinions : un tel langage offusque tous ceux que Pascal appelait les « demi-habiles ». Car l'opinion n'est pas simplement ignorante, elle est entre science et ignorance, nous explique Platon ailleurs (*République*, V, 477b et suiv.) ; mais le malheur, c'est qu'elle ne sait ni ce qu'elle sait ni ce qu'elle ignore. Et la véritable ignorance est justement celle qui ne se sait pas ignorante d'elle-même et se refuse à le savoir.

Les juges et l'assistance, entendant la leçon, bien évidemment protestent. En effet on lit à plusieurs reprises l'expression *mḕ thorubeîte* : « ne vous exclamez pas » (avons-nous traduit), « ne vous récriez pas », « ne protestez pas », c'est-à-dire plus précisément « cessez de faire ce vacarme de protestation » (dans nos procès aujourd'hui, le président de la cour agiterait sa sonnette pour mettre fin au tumulte et aux clameurs du public). Socrate irrite et provoque des réactions d'indignation : non seulement lorsqu'il dit qu'il est le plus sage des hommes, mais lorsqu'il se défend d'être athée et ridiculise Mélétos, qu'il amène à se contredire (Mélétos l'accuse à la fois de ne pas croire aux dieux et d'introduire de nouvelles divinités en 27a), ou encore lorsqu'il déclare qu'il ne changera jamais sa conduite (30c), qu'il soit acquitté ou non.

On peut trouver qu'il y a de l'arrogance et de la présomption dans l'attitude et dans les paroles de Socrate ; de l'arrogance, par exemple, quand il propose pour peine, après la proclamation du verdict, d'être nourri au Prytanée (c'est-à-dire aux frais de l'État) pour qu'on le remercie des services rendus à la cité et qu'on l'encourage à poursuivre sa tâche ; de la présomption, quand Socrate déclare qu'il est investi d'une mission divine : il « *a été attaché à la cité par le dieu, comme à un cheval grand et de bonne race, mais un peu lourd du fait de sa taille, et qui aurait besoin d'être réveillé par une espèce de taon* » (30e). Il ne doit pas cesser d'aiguillonner ses concitoyens, dit-il, de les interroger, pour leur dire leur fait, les rappeler à la nécessité de se soucier d'abord de leurs âmes et de la justice, et les réveiller à la vertu (29d-e). « *Cette activité m'a été prescrite par le dieu, au moyen d'oracles, de songes, et de toute espèce d'avis dont en d'autres occasions un privilège divin a jamais prescrit à un homme n'importe quelle sorte de mission* » (33c). On imagine fort bien qu'un tel langage n'était pas pour plaire au public qui l'écoutait, et qu'il accréditait au contraire un des chefs d'accusation : Socrate introduit de nouvelles divinités dans la cité – de nouvelles puissances démoniques, très exactement, sans doute par allusion aussi au démon dont Socrate prétend être inspiré[1]. Même s'il s'agit de le faire avec beaucoup de précautions, on ne peut s'empêcher de comparer l'attitude de la foule conspuant et raillant Jésus, qui prétend être le fils de Dieu (si tu es le messie, descends donc de ta croix !), avec celle de la foule athénienne, ou du moins celle de ces juges, condamnant Socrate qui n'hésite pas à affirmer qu'il est un don du dieu à la cité (31b).

N'est-il pas légitime en effet de se méfier des imposteurs qui, au nom d'on ne sait quel dieu, se présentent en donneurs de leçons ? Mais c'est oublier d'abord la part d'ironie qui existe dans le langage de Socrate ; et surtout la tâche qu'il affirme s'être assignée : celle d'un philosophe, et non celle d'un sage qui sait *(sophós)* ; celle d'un homme qui s'est employé à rechercher en toute circonstance la vérité ; non pas la vérité sur les phénomènes de la nature – il laisse cette question à Anaxagore et à plus savant que lui –, mais la vérité dans l'accord de soi avec soi-même : d'où l'importance qu'il y a à ne pas mentir aux autres comme à soi-même, ce qui est monnaie courante en politique, et à ne pas se contredire ou à reconnaître que l'on se contredit, lorsqu'on est interrogé, surtout sur des questions essentielles à l'excellence de sa conduite. Socrate se présente comme un « champion de la justice » (32a, 32e), entendons non comme un « prédicateur de vertu », selon une formule de Nietzsche, ni comme un

---

1. *Cf.* notes 2 p. 51, 2 p. 59, 1 p. 67.

prophète de la Justice sûr de son fait, à la manière d'un
homme politique ou d'un savant homme ; mais plutôt
comme un guide de justesse et de rectitude : Socrate invite
chacun à se demander si l'existence qu'il mène est juste,
c'est-à-dire si elle est bien celle qu'il doit mener ; à se
soucier d'abord de son âme : est-elle en accord avec elle-
même ? Socrate s'efforce de montrer aux juges que leur
accusation est mensongère et contradictoire non pas tant
pour échapper à leur condamnation et à la mort que pour
les avertir du tort qu'ils se font à eux-mêmes (30e). Ce qui
importe n'est pas de vivre mais de bien vivre. La lâcheté
nous guette et elle est plus prompte que la mort (39a). Il
faut tenir son rang comme à l'armée, dit encore Socrate
(28d). Et les sollicitations des honneurs ou de l'argent ont
vite fait de relâcher notre vigilance et de nous écarter de la
juste conduite. « *La vertu ne naît pas de l'argent, mais
c'est de la vertu que naissent et l'argent et tout le reste des
biens utiles aux hommes* » (30b).

Socrate en revanche est en accord avec lui-même et son
attitude est en accord avec ses principes. À son disciple
Hermogène qui s'étonnait qu'il ne se soit pas soucié
davantage de sa défense, Socrate aurait répondu : « *Ne te
semble-t-il pas que je m'en suis occupé toute ma vie ?* »...
« *En vivant sans commettre aucune injustice, ce qui est, à
mon avis, la plus belle manière de préparer sa défense* »
(d'après Xénophon, dans son *Apologie de Socrate*, 3). Le
message de Socrate réside aussi bien dans sa conduite,
éloignée des mensonges de la politique et des séductions
de l'argent. Socrate se voit ainsi obligé de rappeler la
« justesse » de sa conduite tant sous la démocratie, lors de
l'affaire des généraux des Arginuses, que sous l'oligarchie
des Trente qui avait essayé de le compromettre (32b-e). Il
fait aussi de sa pauvreté un témoin de sa vertu (31c).

Cette rectitude de Socrate, rectitude du jugement, de la
conduite, interdit qu'on le considère comme un imposteur
ou comme un mystique illuminé. On peut s'interroger,

certes, sur la religion de Socrate, par exemple à propos de cette évocation d'un démon qui l'avertit de ce qu'il ne doit pas faire. Ce démon en réalité empêche précisément Socrate de s'éloigner de la « justesse » et de la rectitude qu'il s'impose par ailleurs à lui-même ; ce signal divin le conforte dans la conscience de son devoir. Même s'il affirme être guidé par le dieu (« le dieu », au singulier, désigne ici Apollon, le dieu oraculaire de Delphes), et être un présent des dieux à la cité, Socrate n'est pas plus savant qu'un autre en matière divine. Il déclare par exemple n'avoir aucune prescience de ce qui l'attend dans l'Hadès (29a-b) ; il se peut que la mort ne soit qu'un éternel sommeil (40c-e). Le Socrate du *Phédon* – autant dire Platon – est en revanche beaucoup plus affirmatif au sujet de la destinée de l'âme après la mort et de son immortalité. Socrate ne nie pas l'existence du divin, puisqu'il s'en réclame, mais il ne prétend pas savoir ce que sont les dieux ou ce qu'est la piété pour s'autoriser, comme le fait Mélétos, à accuser quelqu'un d'impiété ou d'athéisme ; s'il lui est donné de vivre dans l'Hadès, en compagnie de héros et d'hommes illustres qui depuis leur mort y séjournent, alors il continuera à interroger les uns et les autres pour chercher la sagesse et découvrir peut-être que les hommes les plus illustres, même là-bas, croient savoir et ne savent rien ! On oublie simplement, quand on s'interroge sur la religion de Socrate, que Socrate ne se soumet pas aux dieux simplement parce qu'on doit se soumettre à eux ; il se soumet à eux parce qu'il croit que les dieux sont justes et bons ; et il se réjouit de mourir, s'il est vrai que notre âme survit dans l'Hadès, car les juges qu'il rencontrera seront au moins des juges véritables (41a). Comme Platon le lui fait dire dans l'*Euthyphron*, une chose n'est pas sainte ou juste parce qu'elle est divine, mais une chose est divine parce qu'elle est sainte et juste.

À cet égard Socrate est bien un représentant de cette sagesse humaniste grecque, dont notre civilisation s'est nourrie longtemps, et qui fait de l'homme, non du dieu, l'aune de nos certitudes morales (Platon fonde davantage sa philosophie sur le divin ; mais le Socrate des dialogues de Platon est différent de celui de l'*Apologie* : ici il rappelle, en 20d, que la sagesse dont il se prévaut n'est qu'une sagesse d'homme). Cet homme, en même temps, a conscience des limites de sa condition. Quelles que soient la fierté de son langage, son ironie provocante, Socrate nous rappelle avec autorité, mais nullement avec superbe, notre condition d'homme mortel. Remarquons la dernière phrase de l'*Apologie* : « *Voici déjà l'heure de nous en aller, moi pour mourir, vous pour vivre. Qui de nous prend la meilleure direction, nul n'y voit clair, excepté le dieu.* »

En écoutant Socrate se défendre, à plus de deux mille ans de distance, on ne peut qu'être frappé par la simplicité de son langage, sa noblesse et sa hauteur de vue, lesquelles sont l'effet de son sens de la mesure (par exemple de la juste évaluation de son ignorance) et de son refus de toute démesure (l'*hybris*). Nul besoin d'enjoliver cette parole ou de grandir encore cette figure : il a suffi à Platon de nous les présenter dans leur simple vérité.

L'*APOLOGIE DE SOCRATE* SELON PLATON ET SELON XÉNOPHON

Ce discours est-il réellement celui qu'a prononcé Socrate ?

Non, sans doute, mais, composé vraisemblablement peu d'années après, pour un public encore tout rempli des leçons du maître et qui s'est pressé si nombreux à son procès (du moins si l'on en croit les nombreuses mentions, chez Platon, d'un auditoire qu'il distingue de celui des juges eux-mêmes), on peut conjecturer qu'il n'a pas pu le trahir. On sait à quel point les premiers dialogues de Platon sont de même tout remplis du personnage de

Socrate, du désir de se remémorer et ses discours et sa présence physique, entre nostalgiques de rencontre qui essaient de recréer, le temps d'une conversation, la magie communicative de la parole du maître.

Xénophon, cet autre disciple de Socrate et contemporain de Platon, évoque plusieurs relations concurrentes du procès en affirmant que « *tous ont bien reproduit la fierté de son langage, ce qui prouve qu'il parla bien sur ce ton* ». De ces nombreuses « apologies » il nous reste celle de Platon et celle de Xénophon. Quels sont leurs points de rencontre et leurs divergences ?

L'*Apologie* de Xénophon n'a pas été écrite par un témoin direct : Xénophon était absent le jour du procès et il se contente de rapporter, de façon résumée, ce que lui en a dit un ami nommé Hermogène. Il évoque bien les trois moments du procès (plaidoyer, fixation de la peine, allocution finale aux juges après la sentence), mais le second ne fait l'objet d'aucun discours rapporté, et quelques réflexions sur la mort sont placées dans la bouche de Socrate non pas au cours d'une allocution aux juges, mais à un moment où, quittant le tribunal, il s'adresse aux amis qui l'accompagnent. Dans l'argumentation que Xénophon prête à Socrate, on retrouve bien des détails qui figurent chez Platon : la consultation de l'oracle de Delphes par Chéréphon ; l'évocation du « démon » de Socrate ; un échange verbal avec Mélétos au sujet de l'accusation de « corruption » de la jeunesse ; le refus de supplier les juges ; l'accusation d'injustice et d'impiété renvoyée aux accusateurs eux-mêmes ; l'assurance d'avoir mené une vie sans reproche ; le refus de se fixer une peine que Socrate estime ne pas mériter ; une comparaison avec Palamède, héros de légende victime d'un procès injuste, ici un rien plus insistante ; l'idée que l'approche de la mort aiguise les capacités prophétiques ; enfin la sérénité, la dignité, le courage de Socrate devant la mort.

Cependant les contradictions sont également éclatantes.

L'accusation d'impiété est examinée avant l'accusation de corruption, et les échanges avec Mélétos n'interviennent qu'à propos de ce second chef, après un tableau général de la conduite de Socrate. La réfutation de l'accusation d'impiété ne fait intervenir aucune subtilité dialectique et se fonde sur le conformisme pieux de Socrate, sur son « signe démonique » et sur la faveur d'Apollon manifestée lors de la consultation de Chéréphon, dans cet oracle fameux dont Socrate tire argument, selon Xénophon, pour se déclarer supérieur aux hommes (quoique pas tout à fait égal aux dieux !) : il se prévaut des bons conseils que son démon lui a permis de donner à ses amis, alors que dans Platon ce démon, qui n'est introduit que tardivement et de façon secondaire dans le corps même du plaidoyer, n'intervient jamais que comme inhibition et à l'usage personnel de Socrate. D'autre part cette faveur divine dont Socrate se prétend le bénéficiaire est présentée franchement comme le principal objet du litige, puisque c'est à l'endroit où sont évoqués le démon et la consultation de Chéréphon que Xénophon a noté les exclamations des juges. Du reste, le texte authentique de l'accusation, selon Diogène Laërce et d'après tous les témoignages contemporains, y compris ceux de Platon lui-même dans d'autres œuvres, fait grief à Socrate de l'« introduction » de nouveaux dieux dans la cité, alors que Platon ne parle dans son *Apologie* que de la « croyance » de Socrate en de nouvelles « divinités » ou plutôt « choses démoniques » (l'expression admet les deux sens), une variante qui amène le Socrate de Platon à être désigné comme athée par son accusateur Mélétos !

S'agissant de sa conduite, Socrate tire argument chez Xénophon non de ses intentions ni de ses actes, mais de la bonne opinion des autres sur sa personne : il se déclare même compétent en matière d'éducation, alors que le Socrate de Platon ne se reconnaît aucune compétence. Il affirme certes n'avoir jamais donné de leçons payantes, mais les gens s'empressent, dit-il, pour lui faire des présents. Il se prévaut un peu lourdement de sa tempérance et de sa frugalité, et le seul événement historique qu'il évoque est le siège d'Athènes, où il s'est signalé par son endurance aux privations.

Quant à la mort, s'il la présente comme un bonheur, c'est simplement parce qu'elle lui évite les maux de la vieillesse et vient à son heure : il n'y a aucune réflexion, chez Xénophon, sur l'après-mort.

Qui faut-il croire ? Lequel est le vrai Socrate ? Celui de Platon l'emporte de si loin qu'on ne peut que lui faire confiance. Comment Platon aurait-il pu s'attacher si fort à un homme de la médiocrité du Socrate de Xénophon ? Son génie de pasticheur a pu suppléer éventuellement aux défauts de la mémoire pour nous restituer la présence de Socrate, la simplicité subversive de son langage, son exigence de vérité, sa conviction d'être investi d'une mission divine, son intransigeance au service de cette mission, et, si l'on veut bien réfléchir aux circonstances, l'extraordinaire autorité, la violence même avec laquelle il malmène, non seulement le pitoyable Mélétos, mais son auditoire tout entier, en renversant totalement les conditions normales d'un procès pour s'instaurer juge lui-même, dicter aux juges leur devoir et décider enfin lesquels s'en seront montrés dignes.

Dans tout cela le risque de mourir, qui est en balance, tient peu de place : c'est que le Socrate de Platon a mis en balance, à la place de la vie et de la mort, la vérité. Et c'est cette vérité qu'il poursuit, sans se soucier des dégâts accumulés : auditoire dérouté, amours-propres bafoués, enfants abandonnés, amitiés orphelines. Terrible exigence, qui sacrifie les humbles devoirs de la condition humaine (*cf.* en 34d le rappel de cette condition par une citation d'Homère) aux valeurs du courage viril, de cette *andreía* qui n'est plus seulement dans son esprit le dévouement occasionnel du soldat, mais l'impératif dévorateur de la

philosophie auquel le *Phédon* donnera un nouveau sens :
le devoir de s'exercer à la mort. Le malheureux Mélétos
n'aura été que l'occasion d'une *melétē thanátou*, d'une
ascèse de la mort.

APOLOGIE DE SOCRATE

Le texte traduit est celui qu'a établi et publié, aux éditions Les Belles Lettres, M. Croiset.

→Comment mes accusateurs ont agi sur vous, **17a**
Athéniens, je l'ignore : le fait est que moi-même c'est
tout juste s'ils ne m'ont pas fait oublier qui je suis,
tant leurs discours étaient persuasifs[1]. Et pourtant, si
je peux me permettre, ils n'ont rien dit de vrai. Mais
il y a un trait surtout qui m'a étonné parmi leurs
nombreux mensonges, c'est quand ils vous ont
recommandé de prendre garde à ne pas vous laisser **b**
tromper par moi, en me présentant comme habile à
parler. Qu'en effet ils n'aient pas rougi du démenti
que je vais tout de suite leur infliger sur pièces, quand
je me montrerai totalement inhabile à parler, voilà qui
m'a paru être de leur part le comble de l'impudence.
À moins, n'est-ce pas, que ces gens-là n'appellent

---

1. Cette admiration feinte à l'égard des beaux discours
faits pour impressionner est un trait bien socratique qu'on
retrouve dans de nombreux dialogues de Platon (*Hippias,
Mineur,* 363a, *Protagoras,* 328c-d, *Gorgias,* 448d, 471d,
Banquet, 198e et suiv., en particulier 199a où Socrate
s'exprime de la même façon à propos des discours qui pétri-
fient, médusent, atterrent).

habile parleur celui qui parle vrai : car si c'est cela qu'ils disent, je veux bien convenir que je suis un orateur – mais non pas à leur manière. Eux donc, je le répète, n'ont rien dit de vrai ou presque. Mais de moi vous n'entendrez rien que la vérité. Sûrement, par Zeus, Athéniens, ce ne seront pas des discours agré-

c mentés comme les leurs de l'élégance de la phrase et du vocabulaire, ou des beaux agencements. Mais vous entendrez parler sans règle, avec les premiers mots venus : car j'ai la conviction que mes paroles sont justes. Et qu'aucun de vous ne s'attende à autre chose : de fait, il ne me siérait guère non plus, sans doute, à mon âge, de venir devant vous façonner mes discours comme un petit jeune homme. Et voilà pré-cisément, Athéniens, ce dont je vous prie, ce que je sollicite de vous : si vous m'entendez employer pour ma défense exactement le langage dont je me sers d'ordinaire soit sur l'agora, aux comptoirs des mar-chands, où beaucoup d'entre vous m'ont entendu, soit

d ailleurs, n'en soyez pas surpris et ne vous exclamez pas pour autant. Car c'est ainsi : je comparais aujourd'hui pour la première fois devant un tribunal, à l'âge de soixante-dix ans ; je suis donc tout bonne-ment étranger à la langue en usage ici. Alors, de la même façon que si j'étais réellement étranger vous

18a me pardonneriez, je le suppose, de parler dans le dia-lecte du pays et avec les tournures dans lesquelles j'aurais été élevé, je vous prie maintenant aussi en toute justice, du moins à ce qu'il me semble, de me laisser ma manière de parler – qui pourra être plus ou moins heureuse – pour n'examiner qu'une chose et y porter toute votre attention : à savoir si mes paroles sont justes ou non. C'est là en effet l'office du juge, et celui de l'orateur est de dire la vérité.

Pour commencer, donc, il est juste que je me

défende, Athéniens, contre les premières accusations mensongères portées contre moi et contre mes premiers accusateurs ; et je plaiderai ensuite contre **b** les accusations plus récentes et contre mes accusateurs récents. C'est qu'ils se sont faits nombreux, ceux qui m'ont accusé auprès de vous, depuis de nombreuses années déjà, et sans rien dire de vrai : et je redoute ceux-là plus qu'Anytos et consorts[1], quoique eux aussi soient à craindre. Mais, Messieurs, les plus à craindre sont ceux-là qui, prenant dès l'enfance la plupart d'entre vous, ont tâché de vous persuader, par des accusations totalement fausses, qu'il y a un certain Socrate, savant homme, tant penseur des phénomènes célestes que découvreur de tous les mystères souterrains, et qui d'une mauvaise cause en fait une bonne[2]. Voilà, Messieurs, pour avoir **c** répandu de moi une pareille renommée, les accusateurs que je dois craindre. Car les gens qui les écoutent pensent qu'à se livrer à ces recherches on ne croit pas non plus aux dieux. Et puis, ces accusateurs-là sont nombreux et leurs accusations datent de longtemps, sans compter qu'ils vous parlaient à l'âge où vous aviez le moins de défiance, quand certains d'entre vous étaient encore enfants et petits jeunes

---

1. Anytos et autres accusateurs : Anytos, riche tanneur, s'était opposé aux Trente, et avait acquis ainsi un grand prestige dans le parti démocratique. Sur Anytos, *cf.* le portrait qu'en donne Platon dans le *Ménon,* 90b-95a : sa haine à l'égard des sophistes, et les propos violents adressés à Socrate qu'il tient pour proche des sophistes. – **2.** *Cf.* les *Nuées* d'Aristophane, dont ce passage imite la caricature de Socrate. Aristophane est clairement visé en 18d et nommé en 19c. Sa caricature utilisait sans doute, mais aussi a contribué à répandre de tels ragots sur Socrate. La pièce était de toute façon antérieure au procès (– 399) de vingt-cinq ans.

gens, en me chargeant tout bonnement par défaut,
puisque personne ne prenait ma défense. Et ce qui

d dans tout cela m'ôte le plus la parole, c'est qu'il n'est
même pas possible de les connaître et de les nommer,
sauf peut-être un certain poète comique. Tous ceux
qui, par jalousie et pour me calomnier, ont tâché de
vous persuader, et ceux qui, persuadés eux-mêmes,
ont voulu en persuader d'autres, ce sont tous ces
gens-là qui me causent le plus grand embarras : car il
n'est pas possible de faire comparaître ici ni de
réfuter aucun d'entre eux, mais il me faut tout bonnement me battre contre des sortes d'ombres en pronon-
çant ma défense, et réfuter l'adversaire sans que personne me réponde. Considérez donc vous aussi que,
comme je vous dis, j'ai deux sortes d'accusateurs, les
uns qui viennent de porter une accusation contre moi,

e et les autres, les anciens dont je parle. Et jugez bon
que je me défende d'abord contre ces derniers, car ce
sont les accusations que vous avez entendues d'abord,
et beaucoup plus que celles des accusateurs récents,
ici présents.

Bien. Il me faut donc présenter ma défense,
19a Athéniens, et cette calomnie que vous avez entretenue
pendant de longues années, je dois tenter de l'extirper
de vous en si peu de temps. Ce n'est pas que je n'aie
ce souhait, s'il devait en advenir un bien et pour vous
et pour moi, et que je ne veuille, par ma défense, faire
avancer ma cause : mais la tâche me paraît difficile et
je ne me fais pas d'illusions sur sa nature. Qu'il en
aille pourtant selon ce qui plaît au dieu. Je dois obéir
à la loi et présenter ma défense.

b Reprenons donc au début : de quel chef d'accusation découle la calomnie sur la foi de laquelle Mélétos
m'a intenté le procès actuel ? Voyons : que disaient
au juste mes calomniateurs, pour me calomnier ?
Faisons comme si mes accusateurs avaient prêté ser-

ment et lisons leur acte d'accusation[1] : « Socrate est
coupable devant la justice : il recherche téméraire-
ment ce qui est sous la terre et dans le ciel, d'une
mauvaise cause il en fait une bonne, et il enseigne aux c
autres à faire de même. » Tel est à peu près leur acte
d'accusation : c'est en effet ce que vous avez vu vous
aussi, dans la comédie d'Aristophane, un Socrate
qu'on voiturait par la scène[2], qui prétendait marcher
dans les airs, et qui débitait quantité d'autres fadaises
sur des sujets où je n'ai pas la moindre compétence,
ni grande, ni petite. Et ce que j'en dis, ce n'est pas
pour décrier une telle science, à supposer qu'il existe
un homme savant en ces matières : pourvu que
Mélétos n'aille pas me poursuivre pour ce lourd grief-
là ! Mais c'est qu'en effet je n'ai aucune part à ces
savoirs, Athéniens. J'en cite pour témoins précisé- d
ment la plupart d'entre vous, et je vous demande de
vous renseigner et de vous éclairer mutuellement,
vous tous qui m'avez un jour entendu dialoguer : car
vous êtes nombreux dans ce cas. Expliquez-vous
donc les uns aux autres si quelqu'un d'entre vous m'a
jamais entendu dialoguer sur ces questions. Et par là
vous comprendrez qu'il en va de même pour tous les
autres ragots de la foule sur mon compte.

C'est qu'en effet il n'y a rien de fondé là-dedans,
et en particulier, si vous avez entendu dire que
j'entreprends l'éducation des gens et que j'y gagne de e
l'argent, cela non plus n'est pas vrai... Sur ce point je

---

1. Socrate invente une accusation fictive selon les règles.
Par un serment réciproque, l'accusateur s'engageait à soutenir
sa plainte, l'accusé à se défendre. – **2.** Aristophane, *Nuées,*
218 et suiv. : dans cette scène, une machinerie promenait
dans les airs un Socrate installé dans une corbeille pour
scruter le ciel. Mais le verbe employé pourrait signifier simplement que Socrate y était exposé aux huées des spectateurs.

dois dire que justement je trouve très beau d'être éventuellement capable d'éduquer les gens, comme Gorgias de Léontini, Prodicos de Céos et Hippias d'Élis[1]. Car tous trois, Messieurs, possèdent ce talent : dans toutes les villes où ils se rendent, ils persuadent les jeunes gens, à qui il est loisible de fréquenter qui ils veulent de leurs propres conci-

20a toyens, d'abandonner ces fréquentations pour la leur, qu'ils paient d'argent, et de reconnaissance par-dessus le marché ! D'ailleurs, il y a même chez nous un autre savant homme, de Paros[2], dont j'ai appris qu'il séjournait à Athènes : j'avais par hasard rendu visite à un personnage qui a payé aux sophistes plus d'argent que tous les autres ensemble, Callias, le fils d'Hipponicos[3] ; j'ai alors posé à cet homme, qui a deux fils, cette question : « Callias, si tes fils avaient été des poulains ou des veaux, nous pourrions

b engager pour eux, moyennant salaire, un maître qui saurait les rendre beaux et bons selon leur mérite propre ; et cet homme serait un maître soit dans les métiers du cheval soit dans le travail de la terre. Mais puisque en réalité tes fils sont des hommes, quel maître as-tu en tête d'engager pour eux ? Lequel a la

---

1. Trois des plus célèbres sophistes, souvent cités par Platon (*cf. Gorgias, Hippias Mineur, Hippias Majeur, Protagoras...*). Socrate se défend d'avoir été sophiste, c'est-à-dire d'avoir jamais reçu de l'argent pour avoir donné des leçons de rhétorique et dispensé un quelconque savoir. Sur ce point, *cf.* Xénophon, *Mémorables,* I, 2. – 2. Événos de Paros, sophiste et poète élégiaque. – 3. Callias était un riche Athénien qui ouvrit largement sa maison aux sophistes (*cf. Protagoras*). Fils de stratège, beau-fils de Périclès par le remariage de sa mère, stratège lui-même en – 390, il appartenait à tout ce qu'il y avait de mieux dans Athènes (sa famille exerçait à Éleusis des fonctions religieuses héritées de Triptolème).

maîtrise de ce genre de mérite qui est celui de l'homme et du citoyen ? Je pense que pour toi le problème est tout réfléchi, vu que c'est des fils que tu possèdes. As-tu quelqu'un, disais-je, ou non ? – Parfaitement, répondit-il. – Qui est-ce, ai-je repris, d'où vient-il, et à quel prix sont ses leçons ? – C'est Événos, Socrate, dit-il, il est de Paros, et il demande cinq mines[1]. » Et moi j'ai félicité cet Événos, supposé **c** que réellement, possédant cet art, il l'enseignât avec tant de mesure[2] ! En tout cas, moi aussi, je me pavanerais et je me rengorgerais si je savais ces choses ; mais le fait est que je ne les sais pas, Athéniens.

Bien entendu, l'un de vous pourrait me reprendre : « Mais alors, Socrate, à quoi est-ce que tu t'occupes donc ? D'où sont nées ces calomnies contre toi ? Car je suppose que si tes occupations n'avaient rien eu de plus extraordinaire que celles des autres, tu n'aurais pas ensuite fait tant parler de toi et tant jaser sur ton compte. Il faut que tu te sois singularisé. Dis-nous donc ce qu'il en est, afin que nous n'allions pas nous prononcer à la légère à ton sujet. » De telles paroles **d** me semblent justes, et je vais essayer de vous montrer ce qui peut bien m'avoir attiré cette renommée et cette calomnie. Écoutez donc.

Peut-être certains d'entre vous croiront que je plaisante. Sachez pourtant que je vous dirai l'entière vérité : oui, Athéniens, je ne dois cette renommée à rien d'autre qu'à une sorte de sagesse[3]. Mais quelle

---

1. Protagoras faisait payer 100 mines (*cf.* Diogène Laërce, IX, 52) et Prodicos 50 drachmes pour une série de leçons, et 1 drachme pour une leçon résumée (*Cratyle*, 384b) : 1 mine valait 100 drachmes. *Cf.* aussi *Hippias Majeur*, 282c-d. – **2.** Mesure dans la somme exigée, et sans doute rythme dans la phrase : il y a ici un jeu de mots ironique. – **3.** *Sophía* (et l'adjectif correspondant *sophós*, « sage »), traduit généralement par « sagesse », désigne tout autant l'habileté, le

est cette sagesse ? C'est peut-être précisément une sagesse d'homme. Car, réellement, j'ai chance de posséder cette sagesse-là : et sans doute les autres

e dont j'ai parlé tout à l'heure en ont une supérieure à la sagesse proprement humaine, ou alors je ne sais qu'en dire ; car pour moi je ne la sais pas, et quiconque le prétend ment et parle pour me calomnier.

Je vous en prie, Athéniens, ne vous exclamez pas, même s'il vous semble que je me vante. Car le mot que je vais dire n'est pas de moi, mais je le rapporterai à quelqu'un dont la parole est digne de votre estime. Oui, de ma sagesse, à supposer que vraiment j'en aie une, et de la nature de cette sagesse, je produirai comme témoin le dieu de Delphes. Vous

21a connaissez, je suppose, Chéréphon[1] : c'était mon camarade depuis mon jeune âge, et il a été aussi le vôtre, un ami du peuple, lorsqu'il a partagé récemment votre exil et qu'il en est revenu avec vous[2]. Et

---

savoir-faire, la compétence, la science, que ce soit dans un métier, un art, une science ou dans l'action. C'est pourquoi Socrate applique le terme indifféremment aux hommes politiques, aux poètes et aux artisans. Nous avons préféré utiliser aussi le terme « sagesse » ou « sage » pour traduire *phrónēsis* ou *phrónimos* (*cf.* note 2, p. 46), quoique cette sagesse-là soit très différente de la *sophía*.

1. Chéréphon (*cf. Charmide*, 153b et Xénophon, *Mém.*, II, 4) fut comme Apollodore (*cf.* début du *Banquet*) un des plus fervents disciples de Socrate, plus ascétique encore que son maître si on en croit Aristophane (*Nuées*, mais aussi *Oiseaux*, 1296 où il est comparé à une chauve-souris et *Guêpes*, 1408 où il paraît avoir une « mine d'endive »). Il appartenait au parti démocratique et s'était éloigné d'Athènes sous le gouvernement des Trente. – **2.** Lorsque les Spartiates, sous la conduite de Lysandre, ont défait Athènes, abattu ses murs, et établi le gouvernement des « trente tyrans » (en −404), les principaux citoyens athéniens du parti démocra-

vous savez bien quel homme était Chéréphon, comme
il se jetait entier dans toutes ses entreprises. Or, un
jour qu'il était allé à Delphes, il eut l'audace de poser
à l'oracle la question que voici – et je vous en prie,
encore une fois, n'allez pas vous exclamer,
Athéniens : oui, il demanda s'il existait un homme
plus sage que moi. Eh bien ! la Pythie[1] répondit que
nul n'était plus sage[2]. Et là-dessus son frère ici présent vous apportera son témoignage, puisque Chéréphon est mort.

Examinez maintenant à quoi tend ce discours : **b**
c'est que je vais vous enseigner la source des
calomnies répandues sur moi. En effet, ce mot que je
venais d'entendre, je l'ai médité en mon cœur, et je
me suis dit : « Que peut bien vouloir dire le dieu, et
que peut bien signifier son énigme ? Car enfin, moi,
j'ai bien conscience de n'avoir de sagesse ni grande
ni petite. Alors, que peut-il bien vouloir dire, en
déclarant que c'est moi le plus sage ? Ce qui est sûr
en tout cas, c'est qu'il ne ment pas : la loi divine
l'interdit. » Et pendant longtemps je n'ai pas su

---

tique choisirent l'exil, dont ils revinrent trois ans après ; le
jugement de Socrate eut lieu l'année suivante (en – 399).
   1. La Pythie, prêtresse d'Apollon, à Delphes, exprimait la
parole du dieu qu'interprétaient les prêtres du temple ; on
venait de toute la Grèce l'interroger pour sonder la volonté
divine. – **2.** On lit de même dans l'*Apologie de Socrate* de
Xénophon que, devant les protestations des juges qui ne tolé-
raient pas d'entendre dire que les avertissements du démon
étaient des signes divins, Socrate renchérit : « *Eh bien !
Écoutez encore, pour que ceux qui en ont envie doutent
encore davantage de la faveur dont les dieux m'ont honoré.
Un jour que Chéréphon interrogeait à mon sujet l'oracle de
Delphes, en présence d'un grand nombre de personnes,
Apollon répondit qu'il n'y avait pas d'homme plus sage que
moi* » (trad. E. Chambry, Garnier-Flammarion, 1967). Les
juges protestèrent de façon plus bruyante encore.

décider ce qu'il voulait dire ; à la longue, et non sans beaucoup de peine, je me suis tourné vers une enquête
c sur le sujet, à peu près de la façon suivante : j'abordai un de ceux qui dans l'opinion passaient pour sages, avec l'idée que là ou jamais je pourrais confondre l'oracle et opposer à sa réponse cette déclaration : « Cet homme-là est plus sage que moi, et toi, tu prétends que c'est moi le plus sage ! » Je soumets donc mon homme à un examen complet – inutile de vous dire son nom : c'était un de nos hommes poli-tiques – et de cet examen, du dialogue que j'ai eu avec ce personnage, j'ai retiré, Athéniens, à peu près l'impression suivante : il m'a semblé que cet homme paraissait sage aux autres, qui étaient nombreux, et surtout à lui-même, mais qu'en réalité il ne l'était pas. J'ai ensuite essayé de lui montrer qu'il croyait être
d sage sans l'être réellement. Eh bien ! c'est cela qui m'a valu la haine de ce personnage, ainsi que d'un grand nombre de ceux qui étaient présents.

En moi-même, tout en m'éloignant, je me faisais cette réflexion : « Cet homme-là, moi, je suis plus sage que lui. Car il y a certes des chances qu'aucun de nous ne sache rien de beau ni de bon[1] ; mais lui

---

1. « *Rien de beau ni de bon* » : le « beau » a une conno-tation morale, et le « bien » signifie plus que ce qui est bon moralement : ce qui est réellement utile et profitable aux hommes, et procure le bonheur. Quoi qu'il en soit, la recherche du bien (et par là même du beau, car le beau est comme un effet du bien) est essentielle pour Socrate, et la seule chose qui vaille la peine d'être cherchée. *Cf. Répu-blique*, VI, 505b : « *Crois-tu qu'il y ait quelque avantage à posséder quelque chose que ce soit, si elle n'est bonne, et à connaître tout, sans connaître le bien, et à ne rien connaître de beau ni de bon ?* » La recherche des honneurs et des plaisirs risque de nous en éloigner, et contrairement à ce que croient la plupart, la recherche de vérités vaines dans les sciences de la nature, l'accumulation de toute sorte de savoirs ou la maî-

croit savoir quelque chose, alors qu'il ne sait rien, tandis que moi, si je ne sais, je ne crois pas non plus savoir. Je me fais du moins l'effet d'être plus sage que cet homme justement par ce mince avantage, que ce que je ne sais pas, je ne crois pas non plus le savoir. » De là, je me rendis chez un autre qui passait pour plus sage encore que le premier, et j'eus le **e** même sentiment : et cette occasion encore me valut la haine de cet homme et de beaucoup d'autres.

À partir de là je n'ai plus discontinué : je me rendais bien compte – et cela me chagrinait et m'angoissait – que je me faisais des ennemis, mais je croyais cependant nécessaire de mettre au-dessus de tout le service du dieu[1] : il fallait donc aborder, pour examiner ce que voulait dire l'oracle, absolument tous ceux qui passaient pour savoir quelque chose. Et, **22a** par le chien[2], Athéniens – car je vous dois la vérité – tenez, voici à peu près quelle fut mon impression :

---

trise de la rhétorique, tout cela risque aussi de nous en détourner.

1. À partir de cette révélation de l'oracle, Socrate va se sentir comme investi d'une mission divine (*cf.* plus bas 30e : « *Vous ne trouverez pas facilement un autre homme comme moi, qui... a tout bonnement été attaché à la cité par le dieu...* »). Qu'il fût investi d'une mission divine, cela allait apparemment à l'encontre du crime d'impiété dont on l'accusait ; en même temps cela, tout comme l'évocation d'un démon qui le guidait dans son action, devait sans doute irriter et alimenter la rumeur selon laquelle Socrate introduisait des divinités d'un nouveau genre dans la cité. – **2.** Les jurons de Socrate ne sont jamais choisis à la légère. À propos du serment par le chien, les Anciens nous apprennent seulement que c'est le serment prescrit par Rhadamante pour éviter de jurer à tout propos par le nom de Zeus. Mais ici ce serment a une solennité particulière (le « chien » est-il le Cerbère gardien des Enfers ?).

ceux qui jouissaient de la meilleure réputation[1] m'ont paru, peu s'en faut, les plus déficients au cours de cette recherche où je me réglais sur le dieu, alors que d'autres, qui avaient plus mauvaise réputation, me paraissaient des hommes plus raisonnablement doués de sagesse[2]. Oui, il faut que je vous révèle mon errance : c'était comme des travaux qu'il me fallait endurer, pour me prouver que l'oracle était irréfutable[3].

En effet, après les hommes politiques, j'allai trouver les poètes, auteurs de tragédies, de dithyrambes[4], et autres, sûr de me prendre là en flagrant délit d'infériorité par rapport à leur science. Je me munis donc des poèmes qu'ils paraissaient avoir le plus travaillés, et je leur demandai ce qu'ils voulaient dire, afin de m'instruire un peu du même coup auprès

---

1. De ceux qui jouissent de la meilleure réputation auprès de l'opinion publique, c'est-à-dire les hommes politiques, comme Socrate l'a déjà dit plus haut (en 21b-c) et le confirmera un peu plus bas (22b) : « *Après les hommes politiques, j'allai trouver les poètes...* » Que les hommes politiques puissent paraître « sages », « compétents » (*sophoí*), ne les empêche pas de pouvoir être ignorants sur ce qu'il est essentiel de savoir pour gouverner une cité, par exemple, sur ce qu'est la justice. *Cf.* à ce propos *Premier Alcibiade, Ménon, Gorgias, République*, V et VI, etc. – **2.** *epieikésteroi pròs tò phronímōs ékhein* : « plus raisonnablement doués de sagesse ». L'adverbe *phronímōs*, l'adjectif *phrónimos*, relèvent de la *phrónēsis*, terme qu'on traduit par « sagesse » (comme *sophía*) mais qui désigne précisément la perspicacité de l'intelligence dans le discernement de ce qu'il convient de faire (alors que *sophía* désigne la sagesse au sens de science, d'habileté, de compétence) ; la *phrónēsis* est déterminante dans l'acquisition des autres vertus (justice, courage, tempérance, etc.) ; *cf. Phédon,* 69b. – **3.** Comme les travaux d'Héraclès qui fut lui aussi condamné par sa mission à une longue errance. – **4.** Le dithyrambe était un chant choral en l'honneur de Dionysos.

d'eux. Eh bien, je rougis, Messieurs, de vous dire la vérité ; néanmoins il faut parler. Oui, pour ainsi dire tous ceux qui étaient présents, ou peu s'en faut, auraient mieux parlé qu'eux des textes qu'ils avaient composés eux-mêmes. Et j'eus donc vite fait de reconnaître, au sujet des poètes cette fois, que leurs **c** créations ne devaient rien à la sagesse, mais qu'ils créaient par une sorte d'élan naturel, possédés par le dieu comme les prophètes et les devins : car ces derniers aussi disent beaucoup de belles choses, mais ils ne savent rien de ce qu'ils disent[1]. C'est dans un état du même genre que se trouvent aussi les poètes : je l'ai vu clairement. Et en même temps je me suis aperçu qu'à cause de leur talent poétique ils se croyaient sur tout le reste aussi les plus sages des hommes, ce qu'ils n'étaient pas. Je les quittai donc eux aussi, en me disant que j'avais sur eux exactement le même avantage que sur les hommes politiques.

Pour finir j'allai donc trouver les gens de métier. Car j'avais conscience de ne rien savoir pour ainsi **d** dire, mais je savais qu'eux du moins je les trouverais pourvus d'amples et belles connaissances. Et sur ce point certes je ne fus pas déçu : ils savaient en effet des choses que je ne savais pas, et par là ils étaient

---

1. Que les poètes soient enthousiasmés, c'est-à-dire, littéralement, possédés par les dieux, mais sans savoir ce qu'ils disent, est une affirmation qui revient souvent chez Platon (*cf.* en particulier *Ion,* 533d et suiv., *Ménon*, 100a et suiv., *Phèdre,* 244 et suiv., *Lois,* VII). Cette ignorance des poètes, quel que soit le caractère divin de leur inspiration, est dénoncée par Platon (dans le *Gorgias*, 501b-503a, dans la *République*, III, surtout, où Platon invite à chasser le poète de la cité idéale, pour qu'il ne pervertisse pas l'éducation des gardiens de la cité (*République*, 398a-b).

plus savants que moi[1]. Mais, Athéniens, les bons artisans m'ont paru avoir le même défaut que les poètes : parce qu'ils savaient bien exercer leur métier, chacun se croyait aussi le plus sage ailleurs, dans les choses les plus importantes, et ce dérèglement en eux

e éclipsait leur autre savoir. De sorte que je me demandai en moi-même, pour donner raison à l'oracle, si je préférais être tel que j'étais, ni savant selon le savoir de ces gens, ni ignorant selon leur ignorance, ou si j'aimais mieux être comme eux l'un et l'autre à la fois. Je répondis alors à moi-même et à l'oracle que j'avais profit à être comme j'étais.

23a   Voilà l'enquête, Athéniens, d'où sont nées tant de haines contre moi, combien pénibles et lourdes ; de ces haines sont nées les nombreuses calomnies, et me vint ce renom de sage qu'on me donne. Car l'assistance s'imagine chaque fois que je sais ce sur quoi je convaincs autrui d'ignorance. Mais il y a des chances, Messieurs, pour qu'en réalité le sage, ce soit le dieu, et que dans ce fameux oracle il veuille dire que la sagesse humaine a bien peu de valeur, et même aucune : et il est clair qu'en désignant Socrate il s'est servi de mon nom pour me prendre en exemple,

b comme s'il disait : « Le plus sage d'entre vous,

---

1. Il est intéressant de remarquer que Socrate reconnaît aux artisans une compétence, un savoir qu'il ne reconnaît pas aux hommes politiques, et qu'il ne reconnaît aux poètes que dans la mesure où ils sont possédés par les dieux. Et, en effet, Socrate, surtout dans les dialogues de Platon dits de jeunesse, oppose toujours le prétendu savoir ou la prétendue compétence des politiciens ou des rhéteurs au savoir et à la compétence précise d'un *tekhnikós*, d'un architecte, d'un médecin, d'un cordonnier, d'un joueur de flûte, d'un sculpteur, d'un géomètre, etc. (ce n'est guère qu'à partir de la *République*, VI, VII, que Platon distinguera la science *epistēmē*, d'un mathématicien de la *tékhnē* d'un homme de métier).

hommes, c'est celui qui comme Socrate a reconnu qu'en vérité il ne vaut rien sous le rapport de la sagesse[1]. »

Voilà donc ce qu'aujourd'hui encore je vais cherchant de tous côtés, en me réglant sur le dieu, questionnant le premier venu des gens d'Athènes ou des étrangers qui me paraisse être sage. Et quand il me semble qu'il ne l'est pas, me portant au secours du dieu je lui démontre qu'il n'est pas sage. Avec tout cela, plus de loisir, et je n'ai donc pas eu le temps d'intervenir sérieusement ni dans les affaires de la cité ni dans mes affaires domestiques : et je suis d'une **c** pauvreté extrême, parce que je suis au service du dieu.

De surcroît, les jeunes gens qui spontanément me suivent, ceux qui ont le plus de loisir, les fils des plus riches[2], se plaisent à m'entendre interroger les gens, et eux-mêmes souvent m'imitent : ils entreprennent

---

1. Qui a reconnu qu'il n'était qu'un homme et ne saurait être l'égal des dieux. Car seuls les dieux peuvent se prévaloir d'être sages, ou plutôt de savoir. Les hommes sont nécessairement ignorants ; mais le mal n'est pas qu'ils le soient, c'est qu'ils ignorent qu'ils le sont. *Cf.* en particulier le *Banquet*, 202a et suiv. : le philosophe n'est pas sage ou savant, il « aime la sagesse » ; il est dans une position intermédiaire entre la science et l'ignorance ; car il n'est pas non plus totalement ignorant, puisqu'il sait qu'il est ignorant. Se savoir ignorant est la condition de la recherche de la science ; elle est même la manifestation de notre désir de savoir et de nous affranchir de notre ignorance. – **2.** Cet aveu est intéressant, car, en cette période où la démocratie a été restaurée depuis peu (depuis quatre ans), on reproche implicitement à Socrate d'avoir eu une mauvaise influence sur des jeunes gens de l'aristocratie (Charmide, qui a servi le gouvernement des Trente, Critias lui-même à la tête des Trente, sans parler d'Alcibiade qui a conduit la désastreuse expédition de Sicile, et a ensuite trahi Athènes, pendant la guerre du Péloponnèse...).

enduite d'en interroger d'autres. Ce faisant je crois
qu'ils découvrent à l'envi des gens qui croient savoir
quelque chose mais ne savent que peu de choses ou
même rien du tout. De là donc la colère de ceux qu'ils
→ ont interrogés : ils se fâchent contre moi au lieu de
s'en prendre à eux-mêmes et ils racontent qu'il y a un
d certain Socrate, la pire infection[1], qui corrompt les
jeunes. Et si on leur demande ce qu'il fait et ce qu'il
enseigne pour corrompre ainsi, ils n'ont rien à dire,
puisqu'ils l'ignorent ; mais de peur de paraître dans
l'embarras, ils vous débitent ce qui traîne partout
contre quiconque s'adonne à la philosophie : qu'il
enseigne « les phénomènes célestes et les choses sou-
terraines », qu'il « ne croit pas aux dieux », et que
« d'une mauvaise cause il en fait une bonne ». Car ils
n'aimeraient pas, je pense, dire la vérité : qu'ils ont
été démasqués en train de faire semblant de savoir
e alors qu'ils ne savaient rien. Alors, comme ils sont, je
crois, ambitieux, violents, et nombreux, et comme,
serrant les rangs, ils tiennent contre moi un langage
persuasif, ils vous ont rempli les oreilles dès
longtemps, et aujourd'hui encore, de leurs violentes
calomnies. Parmi eux, pour m'attaquer, se sont
trouvés Mélétos, Anytos et Lykon, Mélétos m'ayant
en haine au nom des poètes[2], Anytos au nom des
24a artisans et des hommes politiques, Lykon au nom des

---

1. Le terme *miarôtatos* est extrêmement fort : il qualifie
celui qui s'est souillé de meurtres et de crimes abominables
(*cf.* Œdipe ou Oreste) et que de ce fait la cité ne peut tolérer
sur son sol. – **2.** Mélétos se serait essayé sans succès à la
tragédie et à la poésie lyrique. *Cf.* les *Grenouilles* d'Aristophane. C'est Mélétos qui aurait intenté le procès d'impiété et
déposé la plainte auprès de l'Archonte-roi. En fait il est vrai-
semblable qu'en déposant sa plainte Mélétos était l'instru-
ment d'un homme autrement plus important, à savoir Anytos.
Cf. Diogène Laërce, I, 2.

orateurs[1]. De sorte que, comme je vous le disais en commençant, je serais étonné d'être capable d'extirper de vous dans un temps si court cette calomnie qui a tant proliféré.

Voilà la vérité, Athéniens ; je vous parle sans rien dissimuler d'important ni de secondaire. Et pourtant je sais plus ou moins que je suis en train de me rendre odieux par ce même processus : autre preuve que je dis vrai, que c'est en cela que consistent les calomnies dont je suis l'objet, et que là en est la source. Enquêtez là-dessus aujourd'hui ou une autre fois, **b** c'est cela que vous trouverez.

Voilà donc contre les accusations de mes premiers accusateurs : cette défense doit vous suffire. C'est maintenant contre Mélétos, l'honnête homme, le défenseur de la cité, comme il dit, et contre mes accusateurs récents, que je vais après cela tenter de me défendre. Cette fois encore, bien sûr, comme s'il s'agissait d'une seconde espèce d'accusateurs, prenons à son tour le texte de leur plainte. Il s'énonce à peu près de la sorte : « Socrate est coupable devant la justice de corrompre la jeunesse et de ne pas croire aux dieux qu'honore la cité, mais de croire en **c** d'autres choses, des affaires de démons[2] d'un nou-

---

1. Sans doute des orateurs politiques au service d'hommes influents dont ils appuient les orientations ou servent les inimitiés devant les assemblées des citoyens. *Cf.* C. Mossé, *Le Procès de Socrate*, p. 98. – **2.** On traduit généralement par de « nouvelles divinités » l'expression *hétera daimónia kainá* (en se fondant sur *Euthyphron*, 3b, où Socrate parle expressément de « nouveaux dieux », *theoí*, et sur Xénophon, *Mém.*, I, 1, 2 et *Apologie*) : mais l'expression signifie aussi bien « de nouvelles puissances divines » que « des choses nouvelles qui ont rapport aux démons », on pourrait dire plus familièrement « des trucs de démons ». Or, plus bas (26b-27c), Socrate bâtit sa réfutation sur cette dernière acception : il amène Mélétos

veau genre. » Telle est donc la plainte, et cette plainte, interrogeons-la point par point.

Ainsi donc, ce texte déclare que je suis coupable de corrompre la jeunesse. Mais moi, Athéniens, je déclare que c'est Mélétos qui est coupable, parce que de choses sérieuses il fait un sujet d'amusement, traînant à la légère les gens en justice, contrefaisant le zèle et l'intérêt pour des affaires dont il ne s'est jamais mêlé en rien. Qu'il en soit bien ainsi, je vais essayer de vous le démontrer.

d   Viens ici, Mélétos, et réponds[1] : n'est-ce pas que tu tiens beaucoup à ce que nos jeunes gens soient les meilleurs possibles ? – J'y tiens, oui. – Alors va, dis à ces messieurs qui les rend meilleurs. Car il est évident que tu le sais, puisque tu te mêles[2] de cela. Tu as découvert celui qui les corrompt, à ce que tu prétends ; et c'est moi que tu fais comparaître et que tu accuses devant ces messieurs : alors, celui qui les

––––––––––

à proclamer qu'il accuse Socrate d'un athéisme total, puis lui démontre la contradiction entre cette affirmation et l'acte d'accusation, en remontant des « affaires de démons » aux « démons » eux-mêmes puis aux dieux, dont les démons seraient des bâtards. On ne peut donc maintenir ici la traduction « nouvelles divinités », si l'on veut que l'argumentation de Socrate à l'adresse de Mélétos ait un sens. L'expression, vague à souhait, renvoie aussi bien au fameux « démon » de Socrate qu'à des racontars comme ceux qu'accréditaient les *Nuées* d'Aristophane, où l'on voyait Socrate offrant un culte aux nuages – d'où le titre de la pièce. Par ailleurs on peut souligner les implications subversives du mot *kainá* (« d'un nouveau genre ») : Socrate cependant, s'il ne révère pas l'ordre établi comme un absolu, ne cherche pas non plus à l'ébranler ou à le subvertir. *Cf. Criton.*

1. La loi permettait à l'accusé d'interroger lui-même l'accusateur, qui était tenu de répondre. – **2.** Nous essayons de rendre ici un possible et discret jeu de mots entre le nom de Mélétos et le verbe *mélei* (il se soucie de...).

rend meilleurs, va, parle, indique-leur qui est cet homme.

Vois-tu, Mélétos, comme tu te tais et ne sais que dire ? Et pourtant, est-ce que tu ne trouves pas cela honteux, et n'est-ce pas à ton avis une preuve suffisante de ce que je dis, à savoir que tu ne t'es jamais mêlé de la question ? Allons, parle, mon bon, qui les rend meilleurs ? – Les lois. – Ce n'est pas cela que je **e** te demande, excellent Mélétos, mais quel est l'homme qui les rend meilleurs, un homme qui pour commencer connaît aussi, comme tu dis, les lois. – Tu les as devant toi, Socrate : les juges[1]. – Comment dis-tu, Mélétos ? Ces messieurs sont capables d'éduquer les jeunes gens et de les rendre meilleurs ? – Tout à fait. – Veux-tu dire absolument tous, ou bien certains d'entre eux, en excluant les autres ? – Absolument tous. – Par Héra, tu parles à merveille, et nous voilà abondamment servis en gens utiles. Mais que **25a** veux-tu dire ? Ceux-ci, les auditeurs, rendent-ils les jeunes gens meilleurs ou non ? – Ces gens-là aussi, oui. – Et les membres du Conseil, alors[2] ? – Les membres du Conseil aussi. – Mais alors, Mélétos, est-ce que ce sont donc, je le crains, les citoyens réunis dans l'Assemblée, les ecclésiastes[3], qui corrompent la jeunesse ? Ou bien eux aussi rendent-ils la jeunesse meilleure, tous ensemble ? – Eux aussi. – Ce sont donc, à ce qu'il semble, tous les Athéniens qui

---

1. On remarquera la démagogie dont fait preuve Mélétos à l'égard des juges, puis plus loin à l'égard de l'assistance. – **2.** Les bouleutes, membres du conseil des Cinq Cents (la Boulé), organe exécutif du gouvernement athénien qui se réunissait quotidiennement. – **3.** Les ecclésiastes, les membres de l'Assemblée du Peuple, l'Ecclésia, représentant tous les citoyens réunis, à laquelle tous les citoyens étaient tenus d'assister et qui se réunissait environ tous les mois.

les rendent beaux et bons[1], sauf moi ? Et moi je suis
le seul à les corrompre ? Est-ce cela que tu dis ?
– Oui, c'est exactement ce que je dis.

C'est une grande malchance en tout cas dont me
voilà déclaré coupable. Mais réponds-moi : penses-tu
qu'il en aille ainsi pour les chevaux également ?
b Est-ce que pour toi ceux qui les rendent meilleurs,
c'est l'ensemble des hommes, quand un seul homme
les corrompt ? Ou bien tout au contraire de cela est-
ce un seul homme qui est capable de les rendre
meilleurs, ou encore un tout petit nombre, à savoir les
spécialistes du cheval ? Alors que la plupart des gens,
s'il leur arrive d'avoir affaire aux chevaux et de les
prendre en main, les gâtent ? N'en est-il pas ainsi,
Mélétos, aussi bien pour les chevaux que pour tous
les autres animaux ? Tout à fait, certainement, que toi
et Anytos en soyez d'accord ou pas. Car ce serait un
grand bonheur pour les jeunes gens si c'était vrai
qu'un seul les corrompe et que tous les autres leur
c soient utiles. Mais en réalité, Mélétos, tu démontres
suffisamment que tu ne t'es jamais inquiété des
jeunes gens, et tu révèles bien clairement le peu de
souci que tu as d'eux, puisque ce pour quoi tu me fais
comparaître t'est complètement indifférent.

Dis-nous encore, au nom de Zeus, Mélétos : est-ce
qu'il vaut mieux habiter parmi des concitoyens
honnêtes ou malhonnêtes ? Réponds, l'ami, je ne te
demande rien de difficile, quand même. N'est-ce pas

---

1. Socrate prend le contre-pied d'une thèse démocratique,
défendue par exemple par Protagoras (dans le dialogue de
Platon *Protagoras*), selon laquelle l'éducation morale et politique des citoyens est l'affaire de la cité et de l'ensemble des
citoyens. Socrate en doute fort, et son ironie mordante ici,
comme dans le passage qui suit à propos de l'éducation des
chevaux, ne pouvait qu'irriter les juges.

que les gens malhonnêtes font du mal à ceux qui leur
sont continuellement très proches, alors que les bons
leur font du bien ? – Tout à fait. – Y a-t-il donc un **d**
homme, quel qu'il soit, qui veuille être lésé plutôt
qu'aidé par son entourage ? Réponds, mon bon ;
d'ailleurs c'est la loi qui t'ordonne de répondre. Y
a-t-il un homme qui veuille être lésé ? – Non, bien
sûr. – Voyons : est-ce que tu me fais comparaître sous
l'accusation de corrompre les jeunes et de les rendre
plus malhonnêtes volontairement, ou sans le vouloir ?
– Volontairement, je l'affirme. – Comment donc,
Mélétos ? À ton âge, tu es tellement plus sage que
moi, à l'âge où je suis ? Ainsi, quand toi tu sais bien
que les méchants font toujours du mal à leur plus **e**
proche entourage, et que les bons lui font du bien,
moi je suis assez ignorant pour ne même pas savoir
que si je pervertis une personne de mon entourage je
risque un mauvais coup de sa part ? Donc, ce mal qui
est si grand, je le fais volontairement, dis-tu ? De cela
tu ne me persuades pas, Mélétos, ni moi, ni, je crois,
personne d'autre. Non ! Ou bien je ne suis pas un **26a**
corrupteur, ou bien, si je le suis, c'est sans le vouloir,
de sorte que toi, dans un cas ou dans l'autre, tu mens.
Mais en admettant que je corrompe sans le vouloir, de
telles fautes involontaires ne relèvent pas de ce tribunal ; on doit au contraire prendre le fautif en particulier pour l'instruire et le réprimander : car il est
évident que, quand je serai instruit, je cesserai de faire
ce que justement je fais sans le vouloir. Mais toi tu
t'es dérobé, tu n'as pas voulu me rencontrer et m'instruire. Et c'est devant ce tribunal que tu me fais
comparaître, ici où la loi défère ceux qu'il faut châ-
tier, non ceux qu'il faut instruire !

　Voilà en effet, Athéniens, un point qui est **b**
désormais évident : à savoir que, comme je le disais,
Mélétos ne s'est jamais si peu que ce soit mêlé de ces

questions. Cependant, toi, dis-nous : comment pré-
tends-tu, Mélétos, que je corromps les jeunes ? À
l'évidence, n'est-ce pas, selon la plainte que tu as
rédigée, c'est en enseignant à ne pas croire aux dieux
qu'honore la cité, mais à d'autres choses, des affaires
de démon d'un nouveau genre. C'est par cet enseignement que, dis-tu, je corromps les jeunes. Non ? –
Tout à fait, oui. Voilà exactement ce que je dis. – Eh
bien, Mélétos, au nom de ces dieux mêmes dont il est
c maintenant question, explique-toi plus clairement que
cela, aussi bien à moi qu'à ces messieurs : car moi je
n'arrive pas à comprendre si selon toi j'enseigne que
je crois à l'existence de certains dieux (et dans ce cas
moi-même je crois qu'il y a des dieux, et je ne suis
pas athée du tout, et ce n'est pas pour ce motif que je
suis coupable : bien sûr je ne crois pas aux dieux
mêmes que la cité honore, mais je crois en d'autres,
et c'est de cela que tu m'accuses, de ce que je croie
en d'autres) ; ou bien est-ce que tu affirmes radicale-
ment que je ne crois pas aux dieux, et que c'est cela
que j'enseigne aux autres[1] ? – C'est cela que je dis,
d que tu ne crois pas du tout aux dieux. – Étonnant
Mélétos ! Où veux-tu en venir ? Quoi ! je ne crois pas
que le Soleil ni la Lune soient des dieux, comme le
veut le reste des hommes ? – Non, par Zeus, Juges,
puisqu'il prétend que le soleil est une pierre, et que la

---

1. L'acte d'accusation reprochait plutôt à Socrate de
négliger les dieux (*theoús*) de sa cité (le verbe *nomízein*
signifie à la fois « croire » et « honorer ») et d'introduire
d'autres divinités (*daimónia*) à leur place. Comment Mélétos
peut-il tomber dans le piège par lequel Socrate l'amène à
l'accuser ici d'athéisme radical ? C'est sans doute que pour
Mélétos les puissances qui seraient selon lui honorées par
Socrate ne sont pas à proprement parler des dieux (*theoí*).
Tout se joue ici sur la délicate opposition de deux termes.

lune est une terre ! – C'est Anaxagore[1] que tu penses ←
accuser, mon cher Mélétos : tu méprises ces messieurs, et tu les crois illettrés au point de ne pas savoir
que les livres d'Anaxagore de Clazomènes sont pleins
de ces raisonnements-là ? Allons donc ! Les jeunes
iraient apprendre de ma bouche des idées pour lesquelles il leur serait loisible, à l'occasion, au prix **e**
d'une drachme tout au plus à l'Orchestre[2], de tourner
Socrate en dérision, au cas où il les ferait passer pour
siennes, quand surtout elles sont tellement absurdes !
Parle, au nom de Zeus, est-ce que c'est bien là ton
opinion sur moi ? Je crois qu'il n'existe aucun dieu ?
– Non, par Zeus, tu crois qu'il n'existe aucune espèce
de dieu. – En ce cas tu ne persuades personne, et tu
m'as l'air, je t'assure, de ne pas être persuadé toi-
même. Oui, cet homme m'a tout l'air, Athéniens,
d'être un insolent et un mal élevé ; et je crois qu'il
m'a tout bonnement intenté ce procès en quelque
sorte par insolence, par mauvaise éducation et par
excès de jeunesse. Oui, c'est comme s'il avait monté **27a**
une blague pour voir les réactions : « Est-ce que

---

1. Anaxagore de Clazomènes enseigna à Athènes où il fut
l'ami de Périclès. Accusé de nier l'existence des dieux, il dut
fuir Athènes. Il affirmait en effet que les astres étaient des
« pierres incandescentes », que la lune avait ses plaines, ses
abîmes, ses montagnes... On dit que Socrate avait été disciple
d'Archélaos, lui-même disciple d'Anaxagore. Mais Platon a
tenu à montrer dans le *Phédon* que Socrate n'était nullement
un disciple d'Anaxagore, dans ce fameux passage (97b et
suiv.) où Socrate raconte comment il avait été séduit par la
thèse d'Anaxagore selon laquelle c'est l'intelligence (le *noûs*)
qui gouverne le monde, puis déçu en découvrant qu'Anaxagore ne faisait que soutenir, en réalité, des thèses qu'on dirait
aujourd'hui matérialistes. – **2.** Sans doute une partie de
l'agora (*cf. Lexique* de Timée, ve siècle ap. J.-C.), celle où
s'élevaient les statues d'Harmodios et d'Aristogiton, plutôt
que la partie du théâtre où évoluait le chœur.

Socrate reconnaîtra, lui le sage, que je plaisante et que je me contredis moi-même, ou est-ce que j'arriverai à le tromper, lui, et les autres qui écoutent ? » En effet, il est clair pour moi que cet homme se contredit lui-même dans son acte d'accusation[1]. C'est comme s'il disait : « Socrate est coupable de ne pas croire aux dieux, mais de croire aux dieux. » Quand même, voilà bien le fait d'un gamin qui s'amuse.

Examinez avec moi, Messieurs, en quoi ce langage contradictoire est à mes yeux manifeste. Et toi

b réponds-nous, Mélétos. Quant à vous, comme je vous en ai priés au début, souvenez-vous de ne pas vous exclamer si je m'exprime à ma manière habituelle.

Existe-t-il un homme, Mélétos, qui croie qu'il existe des affaires humaines, mais qui ne croie pas qu'il existe des hommes ? Qu'il réponde, Messieurs, et que cessent ces clameurs continuelles[2]. Y a-t-il un homme qui ne croie pas qu'il existe des chevaux, mais qui croie aux affaires de chevaux ? Ou qui ne croie pas qu'il existe des flûtistes, mais qui croie aux affaires de flûtistes ? Il n'y en a pas un seul, excellent homme : si tu ne veux pas répondre, c'est moi qui te le dis, à toi et aux autres qui sont ici. Mais réponds au

c moins à la question suivante : y a-t-il un seul homme

---

1. Socrate imite ici un type d'argumentation fréquent dans la rhétorique judiciaire : relever un défaut de logique dans l'argumentation adverse. La démonstration ici consistera en un jeu de mots sur *daimónia* : cette démonstration quelque peu sophistique est-elle compatible avec le souci de vérité professé par Socrate ? Elle traduit plutôt le mépris de Socrate pour un adversaire qu'on peut confondre avec de pareils moyens, sans qu'il soit nécessaire d'aller plus avant. *Cf.* plus loin, 28a : « Le peu que j'ai dit suffit. » – **2.** Mélétos se débat, pousse des exclamations, en appelle aux juges. Le verbe *thorubeîn* est le même que celui qui traduit ailleurs les clameurs du public.

qui croie qu'il existe des affaires de démons, mais qui
ne croie pas qu'il existe des démons ? – Il n'y en a
pas. – Tu es bien bon de m'avoir fait une si pénible
réponse, contraint et forcé par ces messieurs ! Tu
prétends donc que je crois aux affaires de démons et
que je les enseigne ; nouvelles ou anciennes, peu
importe, en tout cas je crois au moins aux affaires
démoniques, selon tes propres paroles, et tu as même
prêté serment là-dessus dans ton acte d'accusation.
Mais si je crois aux affaires démoniques, il y a natu-
rellement force nécessité que je croie aussi à l'existence de démons[1]. N'en est-il pas ainsi ? Oui, bien
sûr : car je dois admettre que tu en conviens, puisque
tu ne réponds pas. Mais les démons, est-ce que nous **d**
ne les tenons pas pour des dieux ou des enfants de
dieux ? Tu prétends cela, oui ou non ? – Tout à fait,
oui. – Donc, si vraiment, comme tu le dis toi-même,
je pense qu'il existe des démons, et si les démons sont
une sorte de dieux, voilà ce que je veux dire quand
j'affirme que tu blagues et que tu plaisantes : tu
affirmes que je ne crois pas aux dieux, puis, à
l'inverse, que j'y crois, puisque du moins je crois aux
démons. Mais si maintenant les démons sont des
espèces d'enfants de dieux, bâtards, nés de nymphes
ou d'autres mères[2], comme on le raconte, qui donc

---

1. *Cf.* notes 2 p. 51, 2 p. 59, 1 p. 67. – **2.** Sur les démons
comme puissances intermédiaires, *cf. Banquet*, 202e et suiv.
Ce sont, semble-t-il, les pythagoriciens qui ont introduit la
notion de divinités intermédiaires comme les démons : « *Tout
l'air est empli d'âmes. On les appelle démons, héros, et c'est
eux qui envoient aux hommes les songes, les signes et les
maladies* » (et pas seulement aux hommes mais aux animaux,
au bétail...), nous dit un passage des « Mémoires pythago-
riques », cité par Alexandre Polyhistor dans Diogène Laërce
(VIII, 32). Pour apprivoiser ces démons, il convient, selon
les pythagoriciens, de leur vouer un culte particulier qui s'ins-

croirait qu'il existe des enfants de dieux, mais qu'il
n'existe pas de dieux ? Ce serait en effet aussi absurde
e que de croire que les mulets sont des rejetons de chevaux et d'ânes, sans croire à l'existence des chevaux
ni des ânes. Non, Mélétos, il est impossible que tu
n'aies pas cherché à tester nos réactions là-dessus en
intentant ce procès, ou alors c'est que tu étais embar-
rassé de trouver contre moi un véritable chef d'accusation : mais que tu persuades un homme doué du
moindre bon sens qu'il n'appartient pas à la même
personne de croire en même temps aux affaires des
démons et aux affaires des dieux, ou à l'inverse
28a de ne croire ni aux démons ni aux dieux ni aux
héros, non, il n'y a aucun moyen que tu y parviennes.

En fait, Athéniens, pour prouver que je ne suis pas
coupable selon les termes de l'accusation de Mélétos,
je ne crois pas avoir besoin de me défendre longue-
ment : le peu que j'ai dit suffit. Mais je vous disais
tout à l'heure que de fortes et multiples haines se sont
élevées contre moi : rien n'est plus vrai, sachez-le
bien. Et c'est cela qui me fera condamner, si vraiment
je suis condamné : non pas Mélétos ni Anytos, mais
la calomnie et l'envie du grand nombre[1], qui ont déjà

––––––––––

crit entre celui que l'on rend aux dieux, et celui que l'on rend
aux hommes ; dans un discours attribué à Pythagore et qu'il
aurait prononcé à Crotone, on lit : « *En général, il faut rendre
les honneurs aux dieux avant de les rendre aux démons,
placer ceux-ci ensuite avant les demi-dieux, enfin les héros
avant les hommes.* » (*Cf. La Notion de Daïmon dans le pytha-
gorisme ancien*, M. Détienne, Paris, Les Belles Lettres, 1963.)
N'en tirons pas la conséquence que Socrate était pythagori-
cien : mais on ne doit pas sous-estimer l'influence du pytha-
gorisme sur la pensée de l'époque.

1. Socrate ne se soucie pas d'être opposé au pitoyable
Mélétos. Le débat à ses yeux ne se place pas entre l'individu
Socrate et l'individu Mélétos, mais entre le grand nombre (*oi*

fait condamner beaucoup d'autres hommes de bien et
qui, je pense, en feront condamner encore ; il n'y a **b**
pas à craindre que cela s'arrête à moi.

Mais on dira peut-être : « Et alors, tu ne rougis pas,
Socrate, de t'être engagé dans des occupations telles
qu'elles te font aujourd'hui courir un risque de
mort ? » Mais à cette intervention je répliquerais en
toute justice : « Tu parles mal, l'ami, si tu crois qu'il
faut calculer les chances de vivre ou de mourir quand
on vaut un peu quelque chose, au lieu de n'examiner
que cette unique question : chaque fois qu'on se porte
à l'action, cette action est-elle juste ou injuste, et est-
elle l'œuvre d'un homme bon ou mauvais ? Car, à
t'entendre, ils seraient tous des minables, les demi- **c**
dieux qui sont morts à Troie, et tout particulièrement
le fils de Thétis[1], qui a tant méprisé le danger au
regard d'un déshonneur à supporter ! Quand il brûlait
de tuer Hector, sa mère, une déesse, lui disait à peu
près, si mes souvenirs sont bons : « Mon enfant, si tu
venges le meurtre de ton ami Patrocle et si tu fais
périr Hector, tu mourras toi-même. C'est en effet aussitôt après la mort d'Hector qu'est marqué ton
destin. » Mais lui, malgré cet avertissement, ne se **d**
soucia ni de la mort ni du danger, mais craignit bien
davantage de vivre en mauvais homme et de ne pas

---

polloí) mû par un sentiment d'envie (*phthónos*) que les institutions démocratiques rendent très dangereux, et un Socrate
que le développement suivant (28b-29a) invite à considérer
comme un héros : seul, il résiste fermement à la multitude,
sans lâcher son rang. Il ne faut pas voir là une critique impli-
cite de la démocratie : le citoyen athénien par excellence est
précisément l'hoplite qui n'abandonne pas son rang.

1. De même qu'Achille a préféré une vie courte mais
glorieuse à une longue vie sans gloire, de même Socrate
préfère sacrifier sa vie plutôt que de sacrifier la justice. *Cf.* fin
de l'*Apologie*, 38e-39a.

venger ses amis : « Que je meure sur-le-champ, répondit-il, après avoir fait justice à l'injustice ! Je ne veux pas demeurer ici à faire rire de moi auprès des nefs recourbées, vain fardeau de la terre[1] ! » Ne va pas t'imaginer qu'il se soit inquiété de la mort ni du danger. Oui, Athéniens, voici comment le problème se pose véritablement : là où on s'est rangé soi-même en tenant ce rang pour le plus méritoire, ou bien là où on a été rangé par un supérieur, c'est là qu'il faut, à → mon avis, se tenir ferme et affronter le danger, en ne prenant rien en compte, ni la mort ni rien d'autre, au regard du déshonneur.

Quant à moi, ma conduite serait bien extraordi-
e naire, Athéniens, si, quand il s'agissait du rang où m'avaient placé les chefs que vous-mêmes aviez choisis pour me commander à Potidée[2], à Amphipolis[3] et à Délion[4], j'étais alors resté ferme tout comme un autre au rang où eux m'avaient placé et que j'eusse alors affronté le danger de mourir, mais que là où me rangeait le dieu, dont j'ai cru, par supposition, qu'il m'ordonnait de vivre en philosophe, à
29a interroger et moi-même et les autres, j'aille cette fois déserter mon rang par crainte de la mort ou de quelque autre ennui ! Oui, ce serait bien extraordinaire, et en vérité c'est alors qu'on me ferait comparaître en toute justice devant le tribunal, sous l'inculpation de ne pas croire en l'existence des dieux, moi

---

1. Citation approximative de l'*Iliade*, XVIII, v. 94 et suiv. – **2.** Potidée de Chalcidique. Elle se révolta contre Athènes en −432 et fut reprise après un siège de deux ans et demi où Socrate eut l'occasion de sauver Alcibiade. *Cf. Banquet,* 219e et suiv. – **3.** Colonie athénienne en Thrace, où l'Athénien Cléon fut battu en −422 par le Spartiate Brasidas. – **4.** Délion en Béotie, où les Athéniens furent écrasés par les Béotiens en −424 (*cf. Banquet*, 220 et suiv.).

qui désobéirais à l'oracle, qui craindrais la mort, et qui penserais être sage sans l'être réellement !

C'est qu'en effet craindre la mort, Messieurs, n'est rien d'autre que croire être sage tout en ne l'étant pas ; car c'est croire qu'on sait ce qu'on ne sait pas. De fait, personne ne sait ce qu'est la mort, personne ne sait si elle n'est pas justement pour l'homme le plus grand de tous les biens, mais on la craint comme si on était assuré qu'elle est le plus grand des maux. Et **b** comment ne serait-ce pas là cette très blâmable ignorance, qui consiste à croire qu'on sait ce qu'on ne sait pas ? Pour moi, Messieurs, peut-être qu'en ce domaine, une fois de plus, je me distingue de la plupart des hommes, et si vraiment il y a un point sur lequel je prétendrais être plus sage que les autres, ce serait en cela que n'en sachant pas assez sur le royaume de l'Hadès, je ne crois pas non plus savoir[1]. Quant à commettre l'injustice et à désobéir à un meilleur que soi, dieu ou homme, je sais que c'est le mal et le déshonneur. Au regard donc des maux dont je sais que ce sont des maux, ceux dont je ne sais s'ils ne sont pas justement des biens, jamais je ne les craindrai ni ne les fuirai.

Alors, supposons même que vous m'acquittiez en **c** refusant de croire Anytos, selon qui ou bien il ne fallait pas du tout me faire comparaître ici, ou bien, maintenant que j'ai comparu, il est impossible de ne pas me faire mourir, parce que, vous disait-il, si j'en

---

1. Cependant on peut dire que Socrate croit plutôt que la mort « *est justement le plus grand des biens* » pour qui s'y est préparé, et que l'âme y sera affranchie du corps – du moins si l'on se fie à ce que Platon lui fait dire dans le *Phédon*. Mais si Socrate « sait » qu'il connaîtra sans doute la félicité dans l'Hadès, il s'agit là d'un pressentiment et non d'un savoir sûr dont il pourrait se prévaloir, lui qui n'a qu'un savoir d'homme.

réchappe, tous vos fils désormais pratiqueront les
enseignements de Socrate et seront tous ensemble
totalement corrompus ; si en réponse vous me disiez :
« Socrate, cette fois-ci nous n'écouterons pas Anytos,
mais nous t'acquittons, à la condition pourtant que tu
ne passes plus ton temps à tes enquêtes et que tu
cesses de philosopher ; et si on te reprend à t'y

d adonner, tu mourras » ; si donc, disais-je, vous
m'acquittiez à ces conditions-là, je vous dirais :
« Pour moi, Athéniens, je vous remercie et je vous
aime, mais j'obéirai au dieu plutôt qu'à vous, et, tant
que je respirerai et que j'en serai capable, n'espérez
pas que je cesse de philosopher, de vous exhorter, et
de montrer toujours son fait au premier d'entre vous
que je rencontrerai, en disant, exactement selon mon
habitude : « Excellent homme, tu es Athénien, tu
appartiens à la cité la plus grande et la plus renommée
pour ses savoirs et pour sa puissance, et tu ne rougis
pas de te préoccuper de gagner le plus d'argent pos-

e sible, la réputation et les honneurs, quand la sagesse[1],
la vérité, et l'effort pour perfectionner ton âme, tu ne
t'en préoccupes pas, tu ne t'en soucies pas ? » Et si
l'un d'entre vous me contredit et prétend s'en préoccuper, je ne le tiendrai pas pour quitte aussitôt et je ne
m'en irai pas, mais je lui ferai subir un interrogatoire
serré, et s'il ne me paraît pas posséder la vertu, tout
en prétendant l'avoir, je le blâmerai de faire le moins

30a de cas de ce qui vaut le plus, et de faire le plus grand
cas des pires misères. Voilà ce que je ferai à la première rencontre, avec un jeune ou avec un plus âgé,
avec un étranger ou avec quelqu'un d'Athènes, mais
davantage avec vous, les gens d'Athènes, dans la
mesure où vous m'êtes plus proches par la naissance.
Car c'est cela que le dieu ordonne, sachez-le bien. Et

---

1. *Phrónēsis*, dans le texte.

je crois, pour ma part, qu'il ne s'est jamais encore
produit dans votre cité de plus grand bien que ce
service du dieu où je me suis engagé.

Car je ne passe mes journées à rien d'autre qu'à
vous persuader, jeunes ou vieux, de ne vous préoccuper de vos corps et de l'argent ni prioritairement ni b
même avec un zèle égal au soin de perfectionner
votre âme : je vous dis que la vertu ne naît pas de
l'argent, mais que c'est de la vertu que naissent et
l'argent et tout le reste des biens utiles aux hommes,
aussi bien privés que publics[1]. Si en disant cela je
corromps les jeunes, voilà donc la morale d'où vien-
drait le dommage ; mais si quelqu'un prétend que je
dis autre chose que cela, ce sont paroles en l'air. Là-
dessus j'oserai vous déclarer, Athéniens : laissez-
vous persuader par Anytos ou ne vous laissez pas
persuader, acquittez-moi ou ne m'acquittez pas, mais c
dites-vous que je n'agirai pas autrement, dussé-je
souffrir mille morts.

Pas de clameurs, Athéniens ! mais tenez-vous-en à
ce dont je vous ai priés : de ne pas vous exclamer à
mes paroles, mais d'écouter. Et je pense qu'en effet
vous aurez profit à m'entendre. C'est que j'ai cer-
taines autres choses encore à vous dire, qui vous
feront peut-être pousser les hauts cris : mais évitez
d'en rien faire. Oui, sachez-le bien, si vous me faites
mourir, moi qui suis l'homme que je dis, vous ne me
ferez pas un plus grand tort qu'à vous-mêmes : moi,
ni Mélétos ni Anytos ne sauraient me faire du tort. Ils
n'en auraient pas même le pouvoir : car je ne pense d
pas que les dieux permettent qu'entre deux hommes
le meilleur soit lésé par le plus méchant. Celui-ci peut
bien le faire mourir, l'exiler ou le priver de ses droits :
il croit peut-être, comme un autre, je suppose, que ce

---

1. Comparer avec *Phédon*, 69a-b.

sont là de grands maux ; moi je ne le crois pas, mais je tiens pour un mal bien plus grand d'agir comme il fait, lui, aujourd'hui, en entreprenant de tuer un homme injustement[1]. En réalité donc, Athéniens, je suis bien loin de plaider pour ma défense propre, comme on pourrait le croire, mais c'est pour vous que je plaide, de peur que vous ne vous rendiez fautifs envers le présent que le dieu vous a fait, en votant ma

e condamnation. Car si vous me tuez, vous ne trouverez pas facilement un autre homme comme moi, qui, pardonnez-moi si mes paroles sont un peu risibles, a tout bonnement été attaché à la cité par le dieu, comme à un cheval grand et de bonne race, mais un peu lourd du fait de sa taille, et qui aurait besoin d'être réveillé par une espèce de taon[2]. Oui, c'est à peu près comme cela qu'à mon avis le dieu m'a attaché à la cité, moi qui ne cesse jamais de vous réveiller, de vous persuader, de vous blâmer chacun en

31a particulier tout au long de la journée, me posant partout à vos côtés. Vraiment, un autre homme comme moi ne vous naîtra pas facilement, Messieurs : mais si vous m'en croyez, vous m'épargnerez. Cependant, d'une tape, vous risquez, excédés peut-être comme les gens réveillés au moment où ils s'assoupissent, de me tuer sans réflexion, si vous vous laissez persuader par Anytos ; vous passeriez ensuite le reste de votre

---

1. Mieux vaut encore subir l'injustice, y compris subir injustement la mort, plutôt que de commettre l'injustice. C'est ce que Platon fait dire à Socrate, dans le *Gorgias*, à l'adresse du sophiste Polos (469c et suiv.). Car le mal fait à l'âme est bien pire que tous les maux que l'on peut infliger au corps. – 2. Une espèce de taon ou un éperon ; le terme grec peut avoir les deux sens, mais la « tape » dont il est question ensuite ne s'applique qu'au taon. *Cf. Ménon* 80a : Ménon y compare Socrate à un poisson torpille qui vous saisit comme pour mieux vous réveiller.

vie à dormir, à moins que le dieu ne vous envoie quelqu'un d'autre, dans sa sollicitude envers vous.

Que je sois justement d'une trempe à figurer un présent du dieu à la cité, vous pourriez vous en rendre **b** compte par la réflexion suivante : en effet, cela ne ressemble pas à un comportement humain, ma façon de négliger tous mes intérêts propres et d'en supporter les conséquences dans mes affaires domestiques depuis tant d'années déjà, tout en cultivant vos intérêts à vous, en abordant sans arrêt chacun de vous en particulier, comme un père ou un frère plus âgé, pour vous persuader de vous préoccuper de vertu. Bien sûr, si je tirais profit de cette activité et si je recevais un salaire pour ces exhortations, j'aurais des motifs de me comporter ainsi : mais en fait vous voyez bien par vous-mêmes que mes accusateurs, qui pour le reste m'ont accusé avec si peu de vergogne, sur ce grief au moins n'ont pas été capables de m'opposer impudemment un témoin attestant que **c** j'aie un jour reçu ou réclamé un salaire. C'est à mon avis que je produis moi-même un témoin qui prouve assez que je dis vrai : ma pauvreté.

Peut-être alors trouvera-t-on étrange que moi qui m'affaire de tous côtés à conseiller ainsi les particuliers, pour la chose publique en revanche je ne m'enhardisse pas à monter à la tribune devant votre Assemblée, pour conseiller la cité. La cause en est ce que vous m'avez entendu dire maintes fois en maints endroits : c'est qu'il m'advient quelque chose de **d** divin et de démonique, cela même dont Mélétos s'est moqué en le consignant dans son acte d'accusation[1].

---

1. Le fameux démon de Socrate, sorte de voix intérieure, d'avertissement divin qui ne se manifeste que pour l'empêcher d'agir dans tel ou tel sens – ce qui permet à Nietzsche d'en souligner le caractère « réactif », « prohibitif » et « moral », et non créatif et affirmatif (*cf. Naissance de la*

La chose a commencé dès mon enfance : il m'advient une voix qui, chaque fois qu'elle m'advient, me détourne toujours de ce que je me propose de faire, mais jamais ne m'y encourage. C'est elle qui s'oppose à ce que je fasse de la politique. Et je dois dire qu'à mon avis elle fait très bien de s'y opposer. Oui, sachez-le, Athéniens : s'il y avait longtemps que j'avais entrepris de faire de la politique, il y a

e longtemps que je serais mort, et je n'aurais été bon à rien ni pour vous ni pour moi. Ne vous fâchez pas si je vous dis la vérité : non, il n'y a personne au monde qui puisse garder la vie sauve s'il s'oppose loyalement à vous ou à toute autre collectivité, et s'il cherche à empêcher qu'il ne se produise dans la cité

32a de nombreuses injustices et illégalités. Mais nécessairement tout vrai champion de la justice, s'il veut garder la vie sauve ne serait-ce qu'un peu de temps, doit vivre en simple particulier mais non en homme public[1].

---

tragédie). Mais précisément ici ce démon le détourne de la politique, comme dans le *Criton*, au moyen d'un rêve, il le détourne de s'évader : en un mot il l'éloigne de toute compromission avec l'injustice, de tout écart par rapport à une certaine idée de la justice. On a voulu y voir l'expression divinisée d'une conscience morale rationnelle. Il ne faut pas, nous semble-t-il, retirer à ce démon son caractère irrationnel, qui confère au personnage une dimension chamanique sans doute étrangère au rationalisme qu'on reconnaît habituellement à la Grèce, et, dirons-nous plus familièrement, l'allure d'un illuminé qui devait déranger (*cf.* E. R. Dodds, *Les Grecs et l'Irrationnel*, 1959). On raconte d'ailleurs que son démon lui aurait donné aussi un certain pouvoir divinatoire ; il l'aurait averti par exemple de l'échec de l'expédition de Sicile... Que ce démon de Socrate ait dérangé ses disciples, ou la postérité philosophique, dès l'Antiquité, cela ne fait pas de doute. *Le Démon de Socrate* de Plutarque, par exemple, l'atteste.

1. C'était en effet prendre d'assez grands risques à

De cela je vous fournirai d'amples preuves, non en paroles, mais en ce dont vous faites cas ici, en faits. Écoutez donc ce qui m'est arrivé. Vous allez voir qu'il n'y a personne à qui j'aurais fait par crainte de mourir une concession contraire à la justice, mais que du même coup, en refusant toute concession, j'aurais provoqué ma mort. Ce que je vais vous dire, ce sont de fastidieuses vantardises de plaideur, et néanmoins des vérités. En effet, Athéniens, je n'ai jamais exercé **b** aucune charge dans la cité, sinon que j'ai été bouleute[1] ; et notre tribu Antiochide s'est trouvée avoir la prytanie[2] au moment où vous vouliez juger tous ensemble les dix stratèges qui n'avaient pas relevé les morts après le combat naval[3] : c'était contraire à la

---

Athènes (comme ailleurs) que de se lancer dans la vie politique : le soupçon et l'envie de la foule des citoyens, toute-puissante à l'Assemblée ou en justice, menaçaient souvent les hommes en vue d'un bannissement sans préavis (l'ostracisme qui a frappé de grands hommes d'État comme Thémistocle ou Cimon), voire de la mort (par assassinat comme pour Éphialte, ou par une condamnation comme dans l'affaire des généraux des Arginuses). *Cf.* Aristophane, *Guêpes*, 486 et suiv. Cette insécurité n'est d'ailleurs pas l'apanage du régime démocratique, et elle s'est considérablement aggravée avec les expériences oligarchiques de −411 et −404 à Athènes (*cf.* par exemple, Thucydide, VIII, 66, et *infra* en 32c).

1. La Boulé (Conseil) de cinq cents membres comprenait 10 prytanies de 50 membres appartenant à une même tribu. − **2.** Les prytanies assuraient une sorte de permanence gouvernementale, chacune pendant la dixième partie de l'année. − **3.** Après la bataille des Arginuses (−406) les généraux athéniens vainqueurs des Spartiates furent empêchés par une tempête de récupérer les morts, et pour cette raison furent condamnés à mort à leur retour et, pour six d'entre eux, effectivement exécutés. *Cf.* Xénophon, *Helléniques*, I, 7, qui confirme d'ailleurs la présence de Socrate parmi les prytanes le jour du procès. Ce procès exprime bien le caractère très

loi, comme vous l'avez tous reconnu par la suite. À cette occasion, moi, seul d'entre les prytanes, je me suis opposé à ce que vous fassiez rien de contraire à la loi, et j'ai voté contre : les orateurs étaient sur le
c point de me faire poursuivre et arrêter, vous-mêmes les encouragiez par vos cris, mais j'ai cru que mon devoir était de traverser le danger avec la loi et la justice pour moi, plutôt que de me ranger avec vous quand vos propositions étaient injustes, par crainte de la prison ou de la mort.

Et cela se passait quand la cité était encore en démocratie. Mais quand vint l'oligarchie, les Trente[1] à leur tour me mandèrent avec quatre autres à la Tholos[2] et m'ordonnèrent de ramener de Salamine Léon le Salaminien[3] pour le faire mourir : des ordres de ce genre, vous le savez, ils en ont donné beaucoup à beaucoup d'autres aussi, voulant salir de crimes
d autant de gens que possible. Ce jour-là à coup sûr j'ai démontré une nouvelle fois non en paroles, mais en

---

sourcilleux du peuple athénien sur les questions religieuses, mais il montre aussi que cette sensibilité était largement imputable au désarroi face aux revers militaires et politiques. Au lendemain de l'exécution des généraux, Xénophon raconte que le peuple athénien regrettait déjà leur condamnation. Ce procès révèle aussi la vulnérabilité du peuple athénien et l'instabilité de la démocratie dénoncée par Platon.

1. Les trente tyrans, conduits par Critias, installés au pouvoir en −404, à la faveur de la victoire de Sparte sur Athènes qui mit fin à la guerre du Péloponnèse. *Cf.* note 2, p. 42. Remarquons que les deux « hauts faits » politiques narrés par Socrate le montrent s'opposant d'une part aux excès de la démocratie – affaire des généraux des Arginuses –, d'autre part aux exactions des oligarques. – **2.** Salle ronde du Prytanée où les prytanes prenaient leurs repas et où les Trente s'étaient installés. – **3.** Léon de Salamine, ancien stratège, et démocrate. Mais les Trente voulaient surtout faire main basse sur ses richesses.

actes, que je me soucie de la mort – pardonnez ma
rusticité – comme d'un rien, mais que de ne rien faire
d'injuste ni d'impie, là est tout mon souci. Car le
gouvernement d'alors, malgré ses recours à la force,
ne m'a pas ébranlé au point de me faire commettre
une injustice : mais quand nous sommes sortis de la
Tholos, les quatre autres sont allés à Salamine et en
ont ramené Léon, et moi j'ai pris le chemin de ma
maison[1]. Et peut-être que cela m'aurait coûté la vie, si
le gouvernement n'avait pas été renversé peu de
temps après[2]. De cela vous trouverez de nombreux **e**
témoins. Croyez-vous donc que j'aurais survécu tant
d'années si j'avais fait de la politique ? si, en m'y
conduisant en homme de bien, je m'étais fait le champion de la justice, et si j'avais comme il se doit mis
ce combat au-dessus de tout ? Tant s'en faut,
Athéniens[3]. Car un autre homme ne s'en serait pas
tiré non plus, aucun autre. Mais moi, tout au long de **33a**
mon existence, tant dans la vie publique, supposé que
j'y aie participé, que dans la vie privée, on verra bien
que j'ai été exactement le même, n'accordant jamais
à qui que ce soit rien qui soit contraire à la justice –
et non plus qu'à un autre, à aucun de ces gens que
mes calomniateurs disent être mes disciples[4].

Or, je n'ai jamais, moi, été le maître de personne.

---

1. *Cf.* Lettre VII de Platon. – **2.** Les Trente ne gouver-
nèrent que huit mois. – **3.** Socrate fait une vertu du refus de
participer activement aux affaires de la cité (*cf. Gorgias*, 481d
et suiv.), ce qui, en réalité, est tout à fait nouveau dans l'esprit
du temps, et annonce la fin d'une morale civique qui a prévalu
jusqu'au début de ce IVe siècle, ainsi que ces doctrines du
IVe siècle, cynisme ou épicurisme, en quête d'une sagesse
éloignée des vicissitudes de la politique, et qui feront souvent
de Socrate un modèle. – **4.** Certains des disciples de Socrate
figurèrent parmi les Trente et leurs comparses : Critias, leur
chef, Charmide. *Cf.* note 2, p. 49.

Si quelqu'un désire m'entendre parler et remplir la tâche qui est la mienne, qu'il soit jeune ou vieux, je n'ai jamais opposé de refus à personne. Je n'accorde

b pas davantage mes entretiens quand on me paie, pour les refuser quand on ne me paie pas, mais je suis à la disposition du pauvre comme du riche, pour répondre à leurs questions, ou, s'ils le préfèrent, pour les questionner moi-même afin qu'ils entendent ce que j'ai à dire. Et ces hommes-là, s'ils deviennent honnêtes ou non, il ne serait pas juste que j'encoure la responsabilité de comportements dont je n'ai jamais promis ni accordé leçon à personne. Si d'ailleurs quelqu'un prétend avoir jamais appris ou entendu de ma bouche en particulier une chose que n'aient pas entendue aussi tous les autres, sachez bien qu'il ne dit pas la vérité.

Mais quel plaisir peuvent bien trouver certains à

c passer de longues heures avec moi ? Vous l'avez entendu, Athéniens : toute la vérité, je vous l'ai dite, quand j'affirmais qu'ils se plaisent à m'entendre interroger ceux qui croient être sages mais ne le sont pas en effet : il faut dire que cela n'est pas sans charme. Quant à moi, je vous le déclare, cette activité m'a été prescrite par le dieu au moyen d'oracles, de songes, et de toute espèce d'avis dont en d'autres occasions un privilège divin[1] a jamais prescrit à un homme n'importe quelle sorte de mission.

Voilà la vérité, Athéniens, et aussi bien elle est facilement vérifiable. Car si vraiment il y a des jeunes

d que je suis en train de corrompre, et s'il s'en trouve qui aient déjà été corrompus, il aurait fallu, je suppose, soit que certains d'entre eux, ayant pris de l'âge,

---

1. Ce privilège divin *(theîa moîra)* réapparaît dans *Phédon*, 58e : c'est la part qu'en cette vie comme dans l'autre les dieux ont accordée à Socrate, et qu'il doit aux dieux, qu'il se doit à lui-même d'honorer dignement.

aient reconnu que dans leur jeunesse je leur ai donné
quelquefois de mauvais conseils, et qu'aujourd'hui ils
montent à la tribune pour m'accuser et me punir ; soit
que, s'ils n'ont pas voulu le faire eux-mêmes, certains
de leurs proches, leurs pères, leurs frères, et d'autres
parents, en admettant que ces proches aient vraiment
subi un dommage par ma faute, s'en souviennent
aujourd'hui et m'en punissent. D'ailleurs, de ceux-là,
il y en a beaucoup que je vois présents ici même,
d'abord Criton[1] que voici, du même âge et du même   **e**
dème que moi, père de Critobule ici présent ; ensuite
Lysanias de Sphettos, père d'Eschine[2], ici présent ; et
encore Antiphon de Céphisia que voici, père d'Épigène[3] ; et d'autres, mais oui, je les vois, dont les frères
ont passé leur temps à ces occupations, Nicostrate,
fils de Théozotidès, le frère de Théodote – et Théodote lui-même étant mort, ce n'est certainement pas
lui qui aurait pu retenir son frère par ses instances –,
et Paralios ici présent, fils de Démodocos, dont
Théagès[4] était frère ; et Adimante ici présent, fils   **34a**

---

1. Criton, le même que celui du dialogue suivant, qui a
tenté de faire évader Socrate, et qui se tient près de lui dans
le *Phédon* et lui ferme les yeux une fois qu'il est mort. Son
fils Critobule est fréquemment chez Xénophon un interlocuteur de Socrate (*Mémorables*, I, 3, 8 et II, 6 ; *Économique*) ;
il passe pour avoir été un dandy (*cf.* encore Xénophon, *Mémorables*, I, 3, 8, *Banquet*, et Eschine de Sphettos, *Télaugès*).
– **2.** Eschine de Sphettos (à distinguer de l'orateur, plus
connu), auteur de nombreuses œuvres socratiques, dont il ne
nous reste que des fragments. – **3.** Épigène : disciple de
Socrate (*Mémorables*, III, 12 et *Phédon*, 59b). – **4.** Théagès
(*cf. République*, 496b) a donné son nom à un dialogue faus-
sement attribué à Platon, où Démodokos apparaît comme un
grand personnage sans doute stratège en –425 –424 (Thucydide, IV, 75). – L'archéologie vient peut-être de nous offrir
un mince souvenir de Théozotidès sous la forme d'un nom

d'Ariston, dont voici le frère, Platon[1] ; et Éantodore,
dont Apollodore[2] ici présent est le frère. Et j'en ai
beaucoup d'autres à vous citer, dont il aurait avant
tout fallu que Mélétos dans son propre discours en
produise un comme témoin : si d'ailleurs il l'a oublié
à ce moment-là, qu'il le produise maintenant, j'y
consens, et qu'il dise s'il a un argument de ce genre.
Mais tout au contraire de cela vous les trouverez,
Messieurs, tous ensemble prêts à me soutenir, moi le
b corrupteur, moi qui fais du mal à leurs proches, à ce
que prétendent Mélétos et Anytos. Car ceux-là même
que j'ai corrompus, leur soutien pourrait peut-être
s'expliquer, mais ceux qui ne pouvaient être corrompus, des hommes déjà d'un certain âge, les
parents des premiers, comment justifier le soutien
qu'ils m'apportent sinon par cette explication
conforme à la réalité et à la justice, qu'ils savent bien
que Mélétos ment, et que moi je dis vrai ?

Voilà, Messieurs : ce que je peux éventuellement
dire pour ma défense s'arrête à peu près là, avec
c d'autres arguments peut-être du même genre. Mais il
se peut que l'un d'entre vous s'indigne en se souve-
nant de son propre comportement à l'occasion d'un
procès qu'il affrontait, même moins important que le
mien aujourd'hui, où il suppliait et implorait les juges
avec force larmes, en faisant monter ses enfants à la
tribune pour susciter la plus grande pitié possible, en
produisant nombre d'autres parents et amis là où moi
je n'aurai bien sûr aucun de ces comportements, et

---

inscrit sur une tablette de plomb à des fins magiques (voir
Revue des Études grecques, CIV, 1991, p. 452, n° 142).
1. Platon, notre auteur, dont le frère Adimante (et l'autre
frère, Glaucon, qui n'est pas cité ici) figure dans la *République*, comme interlocuteur de Socrate. – **2.** Apollodore,
fervent disciple de Socrate (cf. *Banquet, Phédon*).

cela quand j'encours, j'en ai bien l'air, le péril
suprême. Il se peut donc que cette pensée indispose
plus fortement à mon égard, et qu'irrité de mon
comportement même, on vote sous l'empire de la
colère. Eh bien ! si quelqu'un parmi vous est ainsi **d**
disposé – pour moi, je n'en veux rien croire, mais
enfin supposons-le –, j'aurais des raisons, je pense, de
m'adresser à lui en ces termes : « Moi aussi, excellent
homme, je risque d'avoir des proches. De fait, selon
la formule d'Homère, moi non plus je ne suis pas né
d'un chêne ni d'une pierre, mais d'êtres humains[1],en
sorte que je possède et des proches et des fils, oui,
Athéniens, au nombre de trois, l'un déjà grand, les
deux autres tout petits[2]. » Mais ce n'est pas pour
autant que j'en ferai monter un à la tribune pour vous
supplier de voter mon acquittement. Pourquoi donc
n'en ferai-je rien ? C'est sans arrogance, Athéniens, et **e**
sans mépris pour vous. Quant à savoir si j'ai le cœur
résolu devant la mort ou non, c'est une autre question : mais c'est devant l'opinion que pour moi
comme pour vous et pour la cité entière il ne me
semble pas beau de me livrer à une pareille conduite,
à l'âge que j'ai et avec le renom qu'on me fait, vrai
ou faux d'ailleurs, puisqu'en tout cas c'est une opinion établie que Socrate se distingue en quelque **35a**
chose du grand nombre. Vraiment, si tous ceux
d'entre vous qui passent pour se distinguer par la
sagesse ou le courage ou n'importe quel autre mérite
se comportaient ainsi, ce serait une honte : j'en ai vu
souvent de pareils qui, lorsqu'ils passent en jugement,
se livrent à des extravagances qui jurent avec la
bonne opinion qu'on a d'eux, parce qu'ils prennent la
mort pour un sort terrible ; comme s'ils devaient être

---

1. *Odyssée*, XIX, 163. – **2.** Ils s'appelaient respective-
ment Lamproclès, Sophronisque et Ménexène.

immortels au cas où vous ne les feriez pas périr ! Ces
gens-là me paraissent déshonorer la cité, au point que
b même un étranger pourrait en inférer qu'à Athènes les
hommes d'un mérite éminent, à qui entre leurs
propres concitoyens les Athéniens accordent le privilège des magistratures et des autres honneurs, ces
hommes-là ne se distinguent en rien des femmes. Oui,
Athéniens, de tels comportements, nous ne devons
pas nous y livrer quand nous jouissons, peu importe
comment, d'une bonne opinion, et si nous nous y
livrons, vous, vous ne devez pas le permettre, mais
bien montrer justement que vous condamnerez bien
plus un homme qui introduit au tribunal ces drames
attendrissants[1] et ridiculise la cité, qu'un homme qui
garde un maintien calme.

c   Mais, Messieurs, indépendamment de l'opinion, il
ne me paraît pas juste non plus ni de supplier le juge,
ni d'être acquitté pour des supplications, mais ce qui
est juste, c'est d'instruire et de persuader[2]. Car le juge
ne siège pas pour réduire la justice en faveur, mais
pour décider de ce qui est juste ; et il a fait serment
non de favoriser qui lui plaît, mais de rendre la justice
selon les lois. Il ne faut donc, ni que nous vous accou-

---

1. Sur le refus de Socrate de se prêter à ces mises en scène
coutumières dans les procès, *cf.* Analyse, pp. 21-22. Xénophon raconte dans son *Apologie de Socrate* (3) que, alors que
son fidèle disciple Hermogène s'étonnait qu'il ne se soit pas
soucié de sa défense, Socrate lui aurait répondu : *« Ne te
semble-t-il pas que je m'en suis occupé toute ma vie ? »* –
« Et comment ? » lui demande Hermogène. – *« En vivant sans
commettre aucune injustice, ce qui est, à mon avis, la plus
belle manière de préparer sa défense. »* – 2. Socrate joue sur
le polysémie du verbe *eiságein* qui signifie à la fois « faire
paraître sur scène » et « introduire une cause devant un tribunal ». Le pathétique a sa place au théâtre, non au tribunal.
Et encore ce théâtre est-il suspect : *cf. République*, III.

tumions à trahir votre serment, ni que vous-mêmes en preniez l'habitude : car nous ne ferions acte de piété ni les uns ni les autres. N'allez donc pas trouver bon, Athéniens, que j'aie devant vous des comportements que je ne trouve ni beaux ni justes ni respectueux des dieux, surtout, par Zeus, par-dessus tout, quand je **d** suis poursuivi pour impiété par votre Mélétos ! Car il serait clair, si je cherchais à vous persuader par mes supplications et faisais de la sorte violence à vos serments, que je vous enseignerais à ne pas croire à l'existence des dieux, et c'est tout bonnement par ma défense que je m'accuserais moi-même de ne pas croire aux dieux. Mais loin de moi pareille impiété : car je crois aux dieux, Athéniens, comme aucun de mes accusateurs, et je m'en remets à vous, ainsi qu'au dieu, pour apprécier ma cause selon ce qui sera le meilleur et pour moi et pour vous.

SOCRATE A ÉTÉ DÉCLARÉ COUPABLE

Si je ne m'indigne pas, Athéniens, de ce qui vient **e** de s'accomplir, de votre verdict de culpabilité contre **36a** moi, c'est, entre autres raisons, parce que je n'étais pas sans m'attendre à cette issue-là. Mais je m'étonne bien davantage du résultat chiffré des votes de part et d'autre : car pour moi je ne pensais pas que l'écart serait si serré, mais je le prévoyais important ; en réalité, apparemment, si trente voix[1] seulement s'étaient déplacées, j'aurais été acquitté. Alors, pour ce qui est de Mélétos, à mon avis, même dans ces conditions, je

---

1. Ce chiffre est discuté. Si on l'admet, il faut de toute façon le considérer comme arrondi, car le nombre des jurés étant normalement impair, l'écart des voix était nécessairement impair.

lui ai échappé, et non seulement je lui ai échappé,
mais il ne fait aucun doute que si Anytos et Lycon
b n'étaient pas montés à la tribune pour m'accuser, il
aurait même dû payer mille drachmes pour n'avoir
pas emporté le cinquième des suffrages[1].

Voilà donc que notre homme propose contre moi la
mort. Et moi, quelle peine vous proposerai-je en
réponse[2] ? N'est-ce pas évidemment celle que je
mérite ? Alors, laquelle ? Qu'est-ce que je mérite
comme peine ou comme amende parce que, au lieu de
mener une vie tranquille, négligeant ce dont se préoc-
cupe le grand nombre, le gain, les intérêts domestiques, les commandements militaires, les harangues
au peuple, et tout le reste de la vie politique, magistratures, conjurations, factions, je me suis trouvé trop
c honnête en vérité pour ne pas risquer ma vie dans ces
engagements-là ? parce que je n'ai pas abordé des
activités où je risquais d'être inutile à vous comme à
moi, mais que j'ai rendu ce que je prétends être le

---

1. Dans un procès, le demandeur était tenu d'emporter au
moins le cinquième des suffrages, faute de quoi il était
condamné à une amende de 1 000 drachmes. Socrate se
moque et fait mine de partager le nombre de voix entre ses
trois accusateurs ; il n'accorde donc à Mélétos que le tiers
des voix exprimées pour sa condamnation. – **2.** Le jury,
comme il était de règle dans les accusations du type encouru
par Socrate, a d'abord rendu son verdict sur la culpabilité de
l'accusé. Quand la peine n'était pas préalablement fixée par
la loi, le jury devait trancher entre la peine proposée par
l'accusateur (ici, la mort), et la peine proposée par l'accusé,
sans pouvoir en proposer une autre. L'usage voulait que
l'accusé se fixât une peine légèrement moins sévère que la
peine fixée avant lui par l'accusateur, il voulait garder une
chance de voir sa proposition l'emporter. Socrate, en proposant une récompense ou une peine ridicule, obligera pratique-
ment ses juges à choisir la condamnation capitale, pour
ne pas contredire leur propre verdict.

service le plus grand à chacun en particulier, tâchant
de vous persuader l'un après l'autre de ne vous soucier ni d'aucune de vos affaires propres avant de vous
être souciés de devenir vous-mêmes aussi bons et
avisés que possible, ni des affaires de la cité avant de
vous être souciés de la cité elle-même, et de veiller
ainsi à tout le reste selon le même protocole ?
Qu'est-ce que je mérite donc qu'on me fasse pour une **d**
telle conduite ? Du bien, Athéniens, si du moins il
s'agit de proposer réellement un salaire mérité. Oui,
du bien, tel du moins qu'il convienne à ma situation.
Qu'est-ce donc qui convient à un homme pauvre et
bienfaisant, qui a besoin de loisir pour vous exhorter ?
Il n'y a rien, Athéniens, qui convienne autant à un
pareil homme que d'être nourri au Prytanée[1] – beaucoup plus, en tout cas, qu'à tel ou tel parmi vous qui
a été vainqueur aux Jeux Olympiques grâce à un
cheval, ou à un attelage à deux ou à quatre chevaux :
car si celui-ci vous procure l'apparence du bonheur,
je vous en offre, moi, la réalité ; lui n'a aucun besoin **e**
d'être nourri, mais moi, j'en ai besoin. Si donc il
s'agit de proposer la peine que je mérite en toute
justice, voilà celle que je propose : *être nourri au* **37a**
Prytanée.

Peut-être alors que dans ce langage encore vous me
trouverez presque aussi arrogant que sur la question
d'apitoyer et de supplier. Rien de tel, Athéniens. Mais
voici plutôt ce qui en est : moi je suis persuadé de
n'avoir commis, au moins de mon plein gré, d'injustice contre personne au monde ; mais vous, je n'arrive

---

1. Le Prytanée était à Athènes un édifice où l'on conser-
vait les lois de Solon, et où se réunissaient les prytanes. Être
nourri au Prytanée était une récompense très honorifique
qu'on accordait aux vainqueurs des Jeux Olympiques, et à
ceux qui avaient rendu de grands services à l'État.

pas à vous en persuader. C'est que nous avons eu peu
de temps pour dialoguer ensemble. Car, à mon avis,
si chez vous avait cours, comme dans d'autres
b cités, une loi interdisant de juger un procès capital en
un seul jour, mais imposant plusieurs journées, je
vous aurais persuadés. En fait, il n'est pas facile, dans
un si court délai, de se libérer de grandes calomnies.
Bien persuadé de n'être coupable d'injustice envers
personne, je suis bien loin de me traiter injustement
moi-même, de déclarer à mon propre préjudice que je
mérite je ne sais quel mal, et de proposer moi-même
ma peine à l'avenant ! Qu'est-ce que je crains ? De
souffrir la peine que Mélétos requiert contre moi, et
dont je prétends ne pas savoir si elle est un bien ou si
elle est un mal ? Et à la place de cela j'irais choisir
parmi des peines dont je sais bien que c'est à des
maux véritables que je me condamnerais ? Choi-
c sirai-je la prison ? Et qu'ai-je à faire de vivre en
prison, en esclave de ces magistrats toujours
renouvelés, les Onze[1] ? Ou bien choisirai-je une
amende, et la prison jusqu'à son paiement ? Mais cela
équivaut pour moi à la réclusion dont je viens de
parler. Car je n'ai pas d'argent pour payer. Alors,
est-ce que je proposerai la peine de l'exil ? C'est peut-
être cette peine-là que vous proposeriez vous-mêmes.
Mais vraiment, c'est un grand attachement à la vie
qui me posséderait, si je poussais l'inconséquence
jusqu'à ne pouvoir calculer que si vous, mes conci-
d toyens, vous n'avez pas été capables de supporter mes

---

1. Les « Onze » étaient des magistrats, chargés de la police
et des hautes œuvres de la justice ; on leur confiait, par
exemple, la garde des criminels condamnés à mort. La magis-
trature était annuelle. On prenait un magistrat par tribu, et le
greffier faisait le onzième. *Cf. Criton*, 44a, et *Phédon*, 59e,
116b.

sermons et mes discours, et qu'ils vous soient au contraire progressivement devenus pénibles et odieux au point que vous cherchiez maintenant à vous en débarrasser, d'autres alors ne risquent pas de les supporter facilement – tant s'en faut, Athéniens !

Elle serait belle, alors, mon existence, si, exilé à l'âge où je suis, je courais d'une cité à une autre pour m'en faire chasser tour à tour ! Car je sais bien que, où que j'aille, les jeunes gens viendront écouter mes discours tout comme ici. Et si je les éloigne, c'est eux-mêmes qui me chasseront, en persuadant leurs **e** aînés ; mais si je ne les éloigne pas, ce sont leurs pères et leurs proches qui me chasseront à cause d'eux.

Peut-être alors quelqu'un dira-t-il : « Mais te taire et te tenir tranquille, Socrate, il n'y aura pas moyen que tu vives à ce prix en exil ? » Voilà justement la chose de toutes la plus difficile à faire admettre à certains d'entre vous. Car si je dis que cela, c'est désobéir au dieu, et que pour cette raison il m'est impossible de me tenir tranquille, vous refuserez de **38a** m'écouter, sûrs que je joue le naïf ; si d'un autre côté je dis que c'est précisément pour l'homme le plus grand des biens, que de parler chaque jour de la vertu et des autres sujets dont vous m'avez entendu m'entretenir quand je procédais à l'interrogatoire d'autrui comme de moi-même, mais qu'une vie où l'on ne pourrait interroger n'est pas vivable pour un homme, vous serez encore moins persuadés par cet argument-là. Je vous expose pourtant les choses comme elles sont, Messieurs ; mais ce n'est pas facile de les faire admettre. En même temps je n'ai pas coutume, moi, de me juger digne de quelque peine que ce soit. Oui, si j'avais de l'argent, je proposerais **b** une amende du montant qu'il faudrait payer, car je n'en serais pas du tout affecté : mais voilà, je n'en ai pas, à moins peut-être que vous n'acceptiez de fixer

l'amende à la somme que je serais en état de payer.
Peut-être pourrais-je vous payer une mine d'argent :
c'est à ce montant que je fixe ma peine. Mais Platon
que voici, Athéniens, avec Criton, Critobule et Apollodore, m'exhortent à proposer une amende de trente
mines, avec leur caution personnelle ; je propose donc
cette somme. Pour garantir cet argent vous pouvez
avoir confiance en eux.

SOCRATE A ÉTÉ CONDAMNÉ À MORT[1]

c   C'est pour un gain de temps bien mince,
Athéniens, que vous vous serez acquis le renom et la
responsabilité, auprès des gens avides de diffamer
notre cité, d'avoir fait mourir un sage en la personne
de Socrate : car à coup sûr ils me déclareront un sage,
même si je ne le suis pas, pour le plaisir de vous
insulter. Pourtant, si vous aviez attendu un peu de
temps, vous auriez obtenu ce résultat par les voies
naturelles. Vous voyez mon âge : je suis déjà bien
avancé dans l'existence, et proche de la mort. Et ce
d que j'en dis, ce n'est pas pour vous tous, mais pour
ceux qui ont voté ma mort.

Quelques mots encore à ces gens-là. Vous croyez
peut-être, Messieurs, que me voilà perdu faute d'avoir
su prononcer les discours qui m'auraient permis de
vous persuader[2], si j'avais cru devoir tout faire et tout

---

1. La condamnation à mort est maintenant prononcée, –
à une majorité qui passe pour avoir été beaucoup plus forte
que celle du verdict de culpabilité. – **2.** *Cf. Gorgias*, 486b,
où Calliclès reproche au philosophe son inutilité dans la vie
de la cité : « *En ce moment même, si l'on t'arrêtait, toi ou
tout autre de tes pareils, et qu'on te jetât en prison sous le
prétexte d'une faute dont tu serais innocent, tu sais bien que
tu serais sans défense, pris de vertige, et la bouche ouverte*

dire en vue de l'acquittement. Tant s'en faut. Si me voilà perdu, ce n'est assurément pas faute de savoir parler, mais faute d'audace et d'impudence, et pour n'avoir pas voulu vous adresser les propos qui vous auraient été les plus agréables à entendre, avec lamentations, gémissements, et tant d'autres attitudes et **e** paroles bien indignes de moi, je vous assure, comme ce que vous entendez d'habitude des autres accusés. Mais autant tout à l'heure je n'ai pas cru devoir commettre la moindre bassesse pour échapper au danger, autant je ne regrette pas maintenant de m'être ainsi défendu. Au contraire, je préfère de beaucoup mourir après m'être défendu comme je l'ai fait plutôt que vivre après un plaidoyer à leur façon. Car ni en justice ni à la guerre nous ne devons, ni moi ni un autre, faire n'importe quoi pour échapper à la mort. **39a** Souvent au combat on voit bien que pour simplement échapper à la mort il n'y aurait qu'à jeter ses armes et se mettre à supplier les poursuivants ; et il existe en tout danger beaucoup d'autres moyens d'échapper à la mort, si on a le front de tout faire et de tout dire. Mais je crains que la difficulté ne soit pas, Messieurs, d'échapper à la mort, et qu'il ne soit bien plus difficile d'échapper à la lâcheté, car elle court plus vite que la mort. En l'occurrence, moi qui suis lent et vieux, j'ai été rattrapé par la plus lente des deux, cependant que mes accusateurs, qui sont lestes et **b** rapides, ont été rattrapés par la plus rapide, qui est la méchanceté. Et nous nous en allons aujourd'hui, moi condamné par vous à la mort, eux condamnés par la vérité pour leur dépravation et pour leur injustice : je

---

sans rien dire ; puis, amené devant le tribunal, mis en face d'un accusateur sans aucun talent ni considération, tu serais condamné à mourir, s'il lui plaisit de réclamer la mort » (trad. M. Croiset, Les Belles Lettres 1968).

m'en tiens à la peine qui m'est fixée, eux à la leur. Sans doute il fallait que les choses fussent ainsi distribuées, et je crois que la mesure en est bonne.

J'ai envie, après cela, de vous faire une prophétie,
c à vous qui avez voté ma condamnation : oui, je suis désormais au point où les hommes prophétisent le mieux, quand ils sont à la veille de mourir[1]. Et je vous déclare, à vous, Messieurs, qui m'aurez tué, qu'un châtiment vous viendra aussitôt après ma mort, un châtiment bien plus pénible, par Zeus, que celui par lequel vous m'aurez tué. En effet vous avez agi de la sorte aujourd'hui dans l'idée que vous seriez délivrés à l'avenir de l'obligation de rendre compte de votre façon de vivre. Mais vous y gagnerez tout le contraire, c'est moi qui vous le dis. Le nombre croîtra
d de ceux qui vous demanderont des comptes, et que je retenais jusqu'ici, sans que vous vous en aperceviez ; et ils seront d'autant plus pénibles qu'ils sont plus jeunes, et vous en serez davantage agacés. Car si vous croyez qu'en tuant les gens vous allez retenir qui que ce soit de vous blâmer de ce que vous ne vivez pas droitement, vous pensez mal. Cette façon-là de se délivrer n'est ni très aisée ni très belle, mais la plus belle et la plus facile, c'est non pas d'écharper les autres, mais de se préparer soi-même à être le meilleur possible. – Voilà : vous qui avez voté ma condamnation, sur ces prophéties, je vous laisse.

e Quant à vous qui avez voté mon acquittement, j'aurais eu plaisir à dialoguer avec vous sur le procès qui vient de trouver son accomplissement, dans le temps que les magistrats sont occupés[2] et que je ne

---

1. Sur ce don de prophétie du mourant, voir le chant du cygne dans *Phédon*, 84e et suiv. – 2. Les magistrats sont les Onze (*cf.* note p. 80). Apparemment les juges étaient tenus de rester sur place jusqu'à ce que la séance fût levée.

m'en vais pas encore où il me faut aller pour mourir. Restez près de moi, Messieurs, le temps de cet intervalle. Car rien ne nous empêche de deviser ensemble, tant que c'est permis. Oui, à vous, qui êtes mes amis, **40a** je veux montrer quel sens peut bien avoir ce qui vient de m'arriver.

Car il m'est arrivé, Juges – oui, j'ai bien raison de vous donner, à vous, ce nom de Juges[1] –, quelque chose de merveilleux. En effet, l'oracle habituel du démon, dans toute ma vie passée, se manifestait toujours avec une grande fréquence, et il me faisait obstacle dans les plus minces occasions, si j'étais sur le point d'agir sans droiture. Or, aujourd'hui, il m'est arrivé ce que vous constatez ici vous-mêmes, une chose qu'en tout cas n'importe qui se serait figurée et considère en effet comme le plus grand des maux : eh **b** bien ! le signe du dieu ne m'a pas fait obstacle, ni quand à l'aube je suis sorti de chez moi, ni quand je suis monté ici à la tribune, ni à aucun moment de mon discours, quoi que j'aie pu me préparer à dire : et cependant dans d'autres discours en bien des circonstances il m'a arrêté au beau milieu de mes phrases. Aujourd'hui au contraire, nulle part dans le cours même du procès il ne m'a fait obstacle dans aucun de mes actes ni de mes propos. Alors, comment dois-je interpréter son silence ? Je vais vous le dire : c'est que ce qui m'est arrivé aujourd'hui a chance d'être un bien, et qu'il est impossible que nous interprétions

---

1. C'est la première fois que Socrate appelle ainsi ses juges (au contraire de Mélétos) : jusqu'ici il les appelait « Athéniens » ou « Hommes » (que nous nous sommes risqués à traduire par « Messieurs »). Le titre de juges qu'il leur donne revêt donc gravité et solennité : ceux-là seuls qui ont voté l'acquittement sont *dikastaí*, parce qu'ils ont voté selon la *díkē*, la justice.

c correctement les choses quand nous croyons que mourir est un mal. De cela j'ai reçu une grande preuve : car il est impossible que le signe habituel ne m'ait pas fait obstacle, si ce que j'allais faire n'avait pas été un bien.

Mais voici une autre manière de nous représenter combien il y a d'espoir que la mort soit un bien. Car de deux choses l'une : ou bien être mort équivaut à n'être rien, et le mort n'a aucune perception de quoi que ce soit, ou bien, comme on le raconte, la mort se trouve être une sorte de transformation et une transmigration de l'âme de ce lieu-ci vers un autre lieu. Si

d la mort est l'absence de toute perception, mais qu'elle soit semblable au sommeil quand en dormant on ne fait même pas de rêves, ce serait un merveilleux gain que la mort ! Car je crois, moi, que si l'on devait choisir entre telle nuit où on a dormi au point de ne même pas faire de rêve, et les autres nuits et les jours de sa propre vie ; si on devait donc mettre ceux-ci en parallèle avec la nuit en question et, après examen, dire combien on a vécu dans son existence de jours et de nuits meilleurs et plus agréables que cette fameuse nuit, – oui, je crois que non seulement un simple

e particulier, mais le Grand Roi[1] lui-même trouverait de telles nuits faciles à compter en regard du reste de ses jours et de ses nuits. Eh bien ! si telle est la mort, moi, j'affirme qu'elle est un gain : car il est clair dans ces conditions que la totalité des temps n'est rien de plus qu'une nuit unique. Mais si d'un autre côté mourir consiste en une sorte de voyage de ce lieu-ci vers un autre lieu, et si ce qu'on raconte est vrai, quand on dit que là-bas sont réunis tous les morts, quel bien trou-

41a verait-on qui soit plus grand que celui-là, Juges ? En effet, si en arrivant dans l'Hadès on est délivré de ces

---

1. Ainsi nommait-on le roi des Perses.

individus, ici, qui se prétendent des juges, et si on doit y trouver les Juges véritables dont on raconte qu'ils rendent là-bas la justice, Minos, Rhadamante, Éaque et Triptolème[1], avec tous les autres demi-dieux qui ont été des justes pendant leur vie, est-ce qu'il faudrait donc dédaigner ce voyage ? Et puis, rencontrer Orphée, Musée, Hésiode et Homère, que ne donneriez-vous pas vous ce bonheur ? Pour moi, je veux bien mourir plusieurs fois, si c'est vrai. D'ailleurs, justement pour moi, ce serait là-bas un merveilleux entretien, quand je rencontrerais Palamède, Ajax, le **b** fils de Témamon[2], et tout autre parmi les anciens qui a pu mourir à cause d'un jugement injuste : comparer mon sort au leur ne serait pas déplaisant, j'imagine. Et le plus fort, ce serait de passer mon temps à interroger et à sonder ceux de là-bas comme les gens d'ici, pour déterminer qui parmi eux est sage et qui croit l'être sans l'être réellement. Que ne donnerait-on pas, Juges, pour interroger le chef qui mena contre Troie la nombreuse armée[3], ou Ulysse, ou Sisyphe[4], ou des **c** milliers d'autres, hommes et femmes, qu'on pourrait

---

1. Minos, Éaque, Rhadamante sont traditionnellement les trois juges infernaux. Triptolème remplace Minos dans les représentations des trois juges infernaux sur des vases attiques. – **2.** Palamède a été victime d'une vengeance d'Ulysse, dans un procès monté de toutes pièces. Ajax s'est suicidé, rendu fou par un jugement injuste (*cf.* l'*Ajax* de Sophocle). Dans l'*Apologie de Socrate* (26) de Xénophon, Socrate compare son sort à celui de Palamède : « *Je trouve encore une consolation dans l'exemple de Palamède, qui périt à peu près comme moi ; car aujourd'hui encore il inspire des chants bien plus beaux qu'Ulysse qui le fit mettre à mort injustement.* » L'éloge de Palamède, victime innocente de la démagogie d'Ulysse le beau parleur, est un lieu commun de la sophistique. – **3.** Agamemnon, symbole d'orgueil, chef des armées achéennes. – **4.** Ulysse et Sisyphe étaient connus pour leur intelligence retorse. Comme à Agamemnon, Socrate

citer ? Ce serait un indicible bonheur de dialoguer
là-bas avec eux, d'être en leur compagnie et de leur
appliquer mes interrogatoires : en tout cas on peut
être sûr que ceux de là-bas ne vous tuent pas pour ces
agissements-là. Car si pour le reste aussi on est plus
heureux là-bas qu'ici, en plus on y est désormais
immortel, du moins si ce qu'on raconte est vrai.

    Mais vous aussi vous devez, Juges, avoir bon
espoir devant la mort, et méditer cette unique vérité,
d qu'il n'y a pas de mal possible pour un homme de
bien, vivant ou mort, et que les dieux ne sont pas
indifférents à ses ennuis : les miens aujourd'hui ne
sont pas non plus le fait du hasard, mais c'est à mes
yeux une évidence que mourir maintenant et être
délivré de mes ennuis valait mieux pour moi. De là
vient aussi qu'à aucun moment le signe ne m'a
arrêté[1], et que pour ma part je n'en veux pas du tout
ni à ceux qui ont voté ma condamnation ni à mes
accusateurs. Cependant, ce n'est pas dans cet esprit-là
e qu'ils m'ont condamné ou accusé, mais bien dans
l'idée de me nuire : en cela ils méritent d'être
blâmés[2].

---

se ferait une joie de leur démontrer qu'ils se croient sages
sans l'être réellement.   **1.** *Cf.* plus haut, 40a-b : le signe de
son démon ne s'est pas manifesté ; or il se manifestait habituellement pour le retenir dans son action ; preuve que
Socrate, en ne cherchant pas à se défendre par une plaidoirie
de circonstance, et en se laissant condamner à mort, a agi
conformément à la volonté « du dieu » (du dieu auquel il
prétend être attaché, sans doute Apollon), et signe que la mort
devrait sans doute le conduire près des dieux, si ceux-ci *ne
sont pas indifférents* à la justice et au sort de l'homme juste
qu'il a été. – **2.** Socrate pardonne à ses juges qui l'ont
condamné, dans la mesure où ils ont agi par ignorance, et où
il n'a pas eu, lui, le temps ni les moyens de les convaincre
patiemment, par le dialogue, qu'ils allaient condamner un
innocent et commettre une injustice (*cf.* plus haut, 37a-b).

J'ai pourtant une prière à leur faire : mes fils, quand ils auront grandi, punissez-les, Messieurs, en les tourmentant exactement comme je vous ai tourmentés, si vous les voyez mettre l'argent ou toute autre chose avant le souci de la vertu ; et quand ils croiront être quelque chose sans l'être réellement, reprochez-leur, comme je l'ai fait pour vous, de ne pas avoir souci de ce qu'il faut et de se croire quelque chose quand ils n'ont aucun mérite. Si vous faites **42a** cela, vous nous aurez traités avec justice, moi-même et mes fils.

Mais voici déjà l'heure de nous en aller, moi pour mourir, vous pour vivre. Qui de nous prend la meilleure direction, nul n'y voit clair, excepté le dieu[1].

Mais, dit-il, ils n'ont pas commis une injustice en croyant agir avec justice, ils ont cherché à me nuire, à moi, Socrate, en voulant comme se venger d'un homme qui les dérangeait et les irritait, parce qu'il cherchait à les rendre justes et à les mettre en face de leur ignorance. Ils auraient donc fait le mal volontairement. Socrate semble se contredire, et ceci est de plus en plus en contradiction avec la thèse, qu'on lui attribue, selon laquelle nul n'est méchant volontairement. Mais Platon en connaissait fort bien le caractère paradoxal, et ne l'a défendue lui-même qu'en l'intégrant dans toute une philosophie de la connaissance et de l'errance. *Cf.* plus haut, 25d et suiv.

1. Remarquons simplement que l'*Apologie* se termine sur le mot « dieu » *(tôi theôi)*, alors qu'on a accusé Socrate d'impiété et même d'athéisme (*cf.* 27c-d). Socrate, avec sa modeste sagesse d'homme (*cf.* plus haut 23a), ne saurait prétendre connaître le sort qui l'attend après la mort. Pas plus qu'il n'a le prétendu savoir d'un athée, il n'a le savoir de ceux qui se prétendent, comme ses accusateurs et ses juges, les gardiens et les garants de la piété dans la cité (*cf. Euthyphron*). Il n'empêche qu'attaché au service du dieu, il s'en remet en toute confiance et sérénité à ses soins, sans certitude mais avec espoir. À cet égard, le Socrate du *Phédon* apparaît plus affirmatif et plus sûr du sort immortel de son âme après la mort.

TABLE

Composition réalisée par COMPOFAC-PARIS

Achevé d'imprimer en août 2011 en Espagne par
Black Print CPI Iberica, S.L.
Sant Andreu de la Barca (08740)
Dépôt légal 1ère publication : juin 1997
Édition 11-août 2011
LIBRAIRIE GÉNÉRALE FRANÇAISE – 31, rue de Fleurus – 75278 Paris Cedex 06